1980

1980 ❶(큰글씨책)

초판 1쇄 발행 2018년 6월 18일

지은이 노재열
펴낸이 강수걸
편집장 권경옥
펴낸곳 산지니
등록 2005년 2월 7일 제 333-3370000251002005000001호
주소 부산광역시 해운대구 수영강변대로 140 BCC 613호
전화 051-504-7070 | 팩스 051-507-7543
홈페이지 www.sanzinibook.com
전자우편 sanzini@sanzinibook.com
블로그 http://sanzinibook.tistory.com

ISBN 978-89-6545-530-1 04810
      978-89-6545-529-5 (세트)

* 책값은 뒤표지에 있습니다.
* 이 도서의 국립중앙도서관 출판예정도서목록(CIP)은 서지정보유통지원시스템
홈페이지(http://seoji.nl.go.kr)와 국가자료공동목록시스템(http://www.nl.go.kr/
kolisnet)에서 이용하실 수 있습니다.(CIP제어번호: CIP2018018025)

1980. ①

노재열 장편소설

산지니

차례

1부

죽은 자의 울음소리

15P 영창

"박아!"

K 헌병이 고함을 질렀다. 영철은 총알같이 튀어 나갔다. 빛이 날 정도로 반들반들한 마룻바닥을 5미터 정도 내달려 나가는 거리였는데, 그 끝의 벽 1.5미터 높이에 창문틀이 박혀 있었다. 영철은 그 창문틀 쇠창살로 돌진하며 있는 힘을 다해 머리를 박아 버렸다. 그야말로 아무런 망설임도 없었다.

'쾅' 하는 소리와 함께 영철은 온몸이 쇠창살에 튕기며 마룻바닥으로 내동댕이쳐졌다. 영철의 정수리에서 피가 흘러내렸다. 순식간에 벌어진 일이었다.

15P 영창 안 어두컴컴한 공간 속에 주검처럼 앉아 있던 수감자들의 희미한 육신이 일순간 술렁였다. 수감자들은 마룻바닥에 정자세를 하고 앉아 있었고, 시체처럼 널브러져 있는 영철을 곁눈질로 바라보는 그들의 눈초리가 두려움으로 가늘게 떨렸다. 그 눈초리 속으로 섬광처럼 지나가는 서늘한 살기가 있었는데, 수감자들의 눈빛을 더욱 차갑게 만들며 15P 영창 안을 기분 나쁘게 맴돌고 있었다. 수감자들은 마음속 깊이 몸

서리를 치면서도 겉으로는 무덤덤한 표정을 지으며 미동도 하지 않고 앞만 바라보며 앉아 있었다.

"일공오공! 저 새끼 치워!"

널브러져 있는 영철의 바로 옆에 수번 1050번을 달고 앉아 있는 중년 남자를 향해 K 헌병이 날카롭게 소리를 질렀다.

꼿꼿하게 앉아 있던 중년 남자가 황급히 일어나 영철을 마룻바닥 구석으로 끌고 갔다. 영철이 끌려 지나간 마룻바닥 위로 핏자국이 드문드문 이어졌다. 중년 남자는 마룻바닥을 닦던 걸레로 영철의 머리에서 흘러내린 핏자국을 대충 지우고 다시 제자리로 돌아와 앉았다. 중년 남자의 다리가 후들거리고 있었다. 아마도 영철의 피에 놀란 것 같기도 하고 K 헌병의 눈치를 살피는 것 같기도 했다.

영철은 피를 흘리며 마룻바닥 구석에 정신을 잃고 누워 있었다.

"이 새끼들!" 하고 K 헌병이 들고 있던 나무 몽둥이를 치켜 들어 공중으로 한 바퀴 빙 돌리며 말했다.

"니들은 인간쓰레기들이다."

떡 벌어진 어깨를 더욱 힘주어 펴면서, K 헌병이 정자세를 취했다. K 헌병은 잘 닦여진 군홧발로 시멘트 바닥을 절도 있게 한 번 디뎌 차렷 자세를 취하고 목소리를 높였다.

"정의사회 구현을 위해 너희 같은 쓰레기들은 모두 총살해야 한다. 하루 세끼 먹여 주는 짬밥도 아깝다."

K 헌병은 자칭 국가관이 뚜렷한 애국자였다. 주름 하나 없이 빳빳하게 각을 세운 군복 옷깃이 K 헌병의 목덜미를 감싸고 있었다. 이것은 K 헌병이 한 치의 빈틈도 허용하지 않는다는 것을 말해 주는 거였다. 눈썹까지 눌러쓴 철모 아래로 보이는 눈빛은 날카롭기 그지없었다. 군복 소매는 물론이고 상의 앞과 뒤 양쪽으로 칼날처럼 날을 세운 옷주름이 허리를 지나 바지 밑까지 일직선으로 이어져 있었다. 훤칠한 키에 다부진 몸매로 영창 안을 구석구석 쏘아보는 K 헌병의 얼굴에는 자부심으로 가득 차 있었다.

20평 남짓한 헌병대 영창은 벽돌 벽으로 꽉 막혀 있었다. 영창 안은 철문 하나를 사이에 두고 앞쪽으로 복도처럼 한 사람이 오고 갈 수 있는 시멘트바닥이 있는데 그 바로 옆으로 마룻바닥을 깔아 놓았다. 바닥에서 50센티미터 정도 높이로 길게 나무로 만든 것이었다. 수감된 죄수들이 생활하는 방인 셈인데 사방이 트여 있어 방이라기보다는 마루라고 부르는 것이 맞을 정도였다. 그 마루 끝 동쪽에 가로세로 1미터 정도의 쇠창살로 된 문이 하나 달려 있었다. 그 창문은 바깥에서 빛이 들어오는 유일한 곳이었다. 영창 안은 대낮에도 어두컴컴한 동굴 속 같았다.

영창에는 30명 정도의 죄수가 수감되어 있었다. 사람이 많을 때는 100여 명이 넘게 수감된 적도 있었다. 이런 경우는 마룻바닥이 너무 좁아 누울 수도 없어 옆으로 눕거나 앉아서 잠을 자야 했는데, 지금은 그래도 나은 편이었다. 매일 새로운 사람이 들어오고 얼마 동안 알고 지내던 사람들은 어디론가 끌려가서는 다시는 돌아오지 않았다. 이곳에 수감된 사람들의 대부분은 몸에 문신을 한 사람들이 많았고, 술집에서 싸우다가 끌려온 사람들이거나 전과가 있는 사람들이었다. 영문도 모른 채 끌려온 사람들도 있었다.

"사회정화를 위해 우리 군인들이 나섰다."

K 헌병은 매일 오후 시간이 되면 일장 연설을 했다. 그 연설을 통해 바깥소식으로부터 완벽하게 차단된 영창 수감자들은 나름대로 귀중한 소식을 얻어듣기도 했다. 오직 K 헌병의 입을 통해서 전해지는 믿거나 말거나 한 내용이었지만 갇힌 자들에게는 그래도 귀중한 소식이었다.

"야! 너희들 A 국회의원 알지? 그 새끼가 기생첩을 두 명이나 두고 있다 아이가. 그러니 맨날 정치는 안 하고 뒷구멍으로 돈이나 챙기고 재야인사들하고 데모나 하다가 이번에 우리 전두환 장군에게 딱 걸려들은 기라."

K 헌병이 지목하는 A 국회의원은 제법 유명한 사람이었다. 이번에 부정부패자로 낙인 찍혀 구속되었는데, 아마 A 국회의원을 둘러싸고 은밀하게 나돌아다니는 소문들이 있었던 모양이다. 이러한 소식을 전하는 K 헌병의 입가에는 항상 가느다란 미소 주름이 만들어졌다. 철모 밑으로 매서운 눈빛을 감추

며 네까짓 놈들에게 이런 소식이라도 알려 주는 것이 나 아니면 누가 있겠느냐는 듯한 자부심인 것 같았다.

또한 한층 목소리를 높이는 K 헌병의 말투에는 자신의 말에 대한 어떠한 의구심도 허용하지 않겠다는 강력한 의지가 담겨 있었다. 어찌 되었건 K 헌병은 연설의 끝에 항상 붙이는 말이 있었다.

"사회에서 말이야, 부정부패나 저지르고 사기 치는 놈들은 모두 싹쓸이해서 총살을 시켜야 이 나라가 바로 선다. 내 말이 틀린나?"

"맞습니다-!"

영창 안을 우렁차게 울리는 구령 같은 화답에 K 헌병은 흡족한 미소를 지었다. 하필 이런 순간에 꾸벅 졸던 영철이 수감자들의 구령 소리에 놀라 옆으로 넘어졌고 K 헌병에게 걸려든 거였다. K 헌병은 자신이 애써 전달하는 소식의 내용뿐만 아니라 자신이 근무하고 있는 시간 동안은 영창 안의 수감자들을 완벽하게 통제하고 있어야 한다고 생각하는 사람이었다. 더구나 자신이 목청을 높이며 귀중한 소식을 전달하고 있는 시간에 영철이 졸았다는 사실에 K 헌병은 자존심이 상해 버렸다. 화가 머리끝까지 치밀어 오른 K 헌병이 그냥 넘어갈 리가 없었다. K 헌병은 영철을 잡아먹을 듯이 노려보며 마룻바닥 빈 공간으로 불러내었다. K 헌병의 얼차려는 정말 집요했다. 자신은 손가락 하나 까딱하지 않고 입으로만 상대방의 몸뚱이를 피투성이로 만들었다.

"엎드려뻗쳐!"

영철은 다리를 후들거리며 양손을 마룻바닥에 짚고 두 다리를 벌리며 엎드렸다.

"다리 모아!" 하고 후다닥 다리를 모으게 하더니 K 헌병은 잠시 뜸을 들이듯 영창 안 수감자들을 천천히 둘러보았다. 그리고는 이제부터 자신의 주특기를 보여 주기라도 하겠다는 듯 눈을 가느다랗게 내려뜨며 말했다.

"머리 박아!"

조용조용 절도 있게 말하는 K 헌병의 말투가 박자를 탔다.

"손 올려!"

영창 안에서 이 얼차려를 모르는 사람이 없었다. 모두가 한 번쯤은 당해 본 얼차려이기 때문이었다. 영철은 머리를 마룻바닥에 처박은 상태에서 두 손을 등 뒤로 올려 깍지를 끼었다.

"360도 천천히 회전!"

영철은 머리를 마룻바닥에 박은 상태에서 두 다리를 옆으로 움직이며 천천히 돌았다.

"속도 상승, 시속 50킬로미터!"

영철의 이마가 빨갛게 까져 살점이 드러났다.

"시속 100킬로미터!"

결국 빙글 하고 영철이 넘어졌다. '그러면 그렇지 제 놈이 안 넘어지고 배겨?' 라고 중얼거리듯 입술을 씰룩이며 K 헌병이 이마가 벗겨져 살점이 빨갛게 드러나 핏자국이 듬성듬성 난 영철을 보고 씩 웃었다. 음산한 웃음이었다. 생각만 해도 끔찍했다. 남은 죽음의 고통을 겪고 있는데 옆에서 웃고 있다면 그게 어디 사람이 할 짓인가? K 헌병은 바로 그런 몹쓸 짓을 하는 사람이기도 했다. 영철의 고통은 아랑곳없는 듯 웃고 있는 K 헌병의 얼굴이 묘하게 일그러졌다.

"일어섯!"

영철이 겨우 일어나는데, 완전히 혼이 나간 사람처럼 비틀거렸다.

"자, 이제 미사일이다."

영철이 정신을 차릴 새도 없이 K 헌병은 얼차려를 진행했다.

"시속 100킬로미터로 달려가 박는다. 실시!"

이 시점에서 영창 안에 있는 다른 수감자들은 안도의 한숨을 내쉬었다. 영철이 얼차려를 끝낼 수 있기 때문이었다.

K 헌병이 시도하는 얼차려는 십여 가지가 넘었다. 그 하나하나가 사람의 신경이란 신경은 모두 곤두서게 하는 것뿐이었다. 너무 아파서 비명도 지르지 못할 정도의 얼차려를 받다 보면 그대로 죽고 싶은 마음이 절로 들 정도였다. 그 과정에서 나지막하게 내뱉는 K 헌병의 목소리에는 날카로운 칼날이 묻어 있는 듯했다.

영철은 최대한 빠른 속도로 내달렸다. 왜냐하면 쇠창살에 온 몸의 무게를 실어 힘껏 부딪쳐야만 정신을 잃을 수 있기 때문이었다. 말 그대로 K 헌병의 얼차려는 상대방이 정신을 잃고 쓰러져야만 끝이 났다.

"애앵-!"

마침 저녁식사를 알리는 사이렌 소리가 울렸다. 아직 햇살이 쇠창살 너머로 비쳐드는 오후이지만 15P 헌병대 영창은 저녁이었다. 어둠이 깔리기 전에 식사를 마치고 점호를 하고 하루를 마감해야 하는 시간이 되었다는 것을 알리는 소리였다.

어두컴컴한 15P 헌병대 영창 안의 팽팽한 긴장감과는 달리 영창 바깥은 이른 저녁의 맑은 하늘 속으로 부드러운 바람이 불고 있었다. 도로 건너 15P 헌병대 막사를 마주보고 있는 산동네 집들의 지붕 위로 저녁햇살이 비쳐들고 있었다. 드문드문 그늘진 골목길에는 거의 인적이 없었다.

벌겋게 물들어 가는 지붕들이 하나둘 늘어날 때마다 그 지붕 끝을 뾰족하게 드리우며 어두운 그림자들이 하나둘 생겨나고 있었다. 그 그림자들은 마치 산동네의 집들이 기다랗게 늘어지며 날카로운 칼날처럼 15P 헌병대로 향하는 것처럼 보였다. 그 그림자 끝에 서 있는 15P 헌병대 정문에는 육중한 탱크가 한 대 버티고 서 있었고 비스듬히 위로 치켜든 탱크의 포신은 15P 헌병대 정문 앞과 직각을 이루며 정확하게 산동네로 향하고 있었다. 탱크 옆 초소에는 총을 든 초병이 부동의 자세로 서 있었다. 초병은 아무런 표정이 없었다. 시간이 멈춘 듯 고요한 저녁풍경은 살짝 일어나는 가느다란 바람에 실려 사르르 밀려가는 작은 나뭇잎 소리까지 들리게 하였다.

15P 헌병대 앞 양 방향 4차선이 넘는 아스팔트 도로 위로 드문드문 자동차들이 지나갔다. 지나가는 자동차들의 엔진 소리가 가벼웠다. 속도를 줄이느라 클러치를 빼고 조심스럽게 브레이크를 밟는 운전자들의 눈은 15P 헌병대로 쏠리며 무표정하게 지나갔다. 거리를 걷는 사람들은 거의 없었다.

지난해 10월 26일 박정희 대통령이 총에 맞아 죽자 정부당국은 비상계엄령을 선포하였다. 그것은 10월 16일부터 시작된 부산지역 시위 때문이었다. 무장한 기동경찰들이 최루탄을 범벅으로 쏘아대도 막을 수 없을 정도로 부산 시민의 시위는 격렬하였다. 16일부터 시작된 시위는 18일까지 날밤을 지새우며 계속되었고 밤이 되면 더욱 격렬해졌다. 시위대가 가는 곳마다 파출소가 불에 탔고 세무서와 방송국까지 화염에 휩싸였다. 부산 시민의 분노가 경찰력으로는 막을 수 없을 정도로 커지고 있었다.

결국 경찰의 힘만으로는 안 되자 10월 18일 0시를 기해 부산지역에 비상계엄령이 선포되었다. 군인들이 동원되어 나왔다. 그래도 시위는 잦아들지 않고 마산으로 확산되어 갔다. 10월 20일 정오에는 마산지역까지 위수령을 선포해야만 했다. 성난 시민의 시위가 쉽게 잦아들지 않고 있었다. 물론 이때까지는 박정희가 살아 있었다. 18년 동안 정치권력을 독점해 온 박정희 군사독재, 유신독재세력에게는 당황스러운 일이었다. 영원할 것만 같았던 철권통치가 일시에 무너질 것 같은 상황이 닥쳐오고 있었다.

이러한 상황은 때때로 권력 내부의 갈등을 유발하는 요인이 되기도 하였다. 결국 유신독재세력의 당황스러움은 그들의 갈등을 더욱 부추겼고 그 과정에서 김재규 중앙정보부장이 대통령 경호원 5명과 박정희 대통령까지 총으로 쏘아 죽이는 사건이 발생했다. 그야말로 상상도 하지 못했던 사건이 일어난 거였다.

그리고 그해 말 육군 보안사령관이었던 전두환 소장은 12월 12일 군사쿠데타를 일으켰다. 전두환은 자신의 상급자인 육군대장 정승화 군 참모총장을 잡아 가두고 서울 시내 한복판에서 탱크와 군대를 동원하여 총격전을 벌일 정도로 하극상을 저지르며 군사반란을 주도했던 것이다.

그 군사쿠데타가 성공하자 군인들이 정치 전면에 나서고 있었다. 이를 반대하는 야당정치인이나 재야인사, 학생들에 대해서는 강압적인 탄압을 자행하면서도, 겉으로는 학원자율화나 사회민주화 등의 분위기를 교묘하게 이용하여 자신들의 정치적 야욕을 숨기며 국민의 입과 귀를 틀어막고 있었다.

전두환의 입장에서 보면, 쿠데타의 승패에 따라 자신의 목숨을 걸 정도의 결의를 다졌을 것이 뻔했을 거고, 그것은 자신의 앞길에 방해가 되는 것은 무엇이든 가차 없이 짓밟아 버리지 않고서는 이룰 수 없는 방식이었다. 그러므로 전두환이 휘두르는 강압적이고 불법적인 정치권력찬탈계획은 수많은 사람들의 희생을 요구하는 것이었다.

전두환 보안사령관은 12월 12일 군사쿠데타 성공 이후 이듬해 4월 14일, 국가중앙정보부 부장서리까지 겸직하게 되었다. 아마도 대통령을 죽일 수 있을 정도로 막강한 권력의 자리가 중앙정보부장이었던 모양이다. 또 다른 측면에서는 자신을 가장 잘 숨길 수 있고 남을 가장 잘 엿볼 수 있는 자리가 중앙정보부장 자리가 아니었던가 싶다. 그것은 김재규 중앙정보부장이 박정희 대통령을 바로 지근거리에서 권총으로 쏘아 죽인 것에서도 알 수 있는 사실이었다. 중앙정보부까지 장악한 전두환 보안사령관은 군대와 행정부의 양대 정보기관을 모두 움켜쥔 보안정보 일인자가 되었다. 그리고 정치권력 찬탈을 공공연하게 추진하기 시작하였다.

그럼에도 대학생들은 비상계엄령 해제를 요구하며 시위를 벌였고, 국회는 5월 12일 여야총무회담을 갖고 비상계엄령을 해제하기로 의견을 모았다. 그리고 여야 정당이 5월 20일 비상계엄령 해제를 결의하기 위한 임시국회 소집을 합의했는데 전두환이 이러한 움직임을 결코 그대로 둘 리가 없었다. 잘못하면 자신들의 정권찬탈계획이 무산될 수도 있는 일이었다.

전두환은 임시국회가 소집되기 3일 전인 5월 17일 자정, 자신의 꼭두각시 역할을 하고 있었던 최규하 대통령을 이용하여 전국비상계엄령확대를 선포하게 했다. 물론 이러한 과정에서 재야인사들을 학생데모를 배후조종한 국기문란자로 체포하였고, 각 지역 유지급의 주요민간인을 사회정화라는 명목을 붙여 부정부패자로 낙인찍어 권력형부정축재자로 구금하는 등, 강압적인 탄압을 자행하였다. 이러한 전두환의 행동은 국회를 무시하는 것은 물론이었고 국민생활을 유지하게 하는 국가의 기본인 법질서마저 무너뜨리는 불법적인 것이었다.

그러나 전두환은 법 위에 존재하는 무소불위의 권한을 휘두르며 자신의 야욕을 이루고자 했다. 전두환은 비상계엄령확대 선포에 항의하는 일반 시민을 무차별 연행하였고 광주에서는 공수부대 군인들이 광주 시민과 총격전을 벌이며 무고한 시민을 끔찍하게 학살하였다. 그 과정에서 10여 명의 시위대와 군인이 사망하고 부상을 입었다는 관제축소보도와 함께, 수천 명이 죽었다는 흉흉한 소문들에 대해서는 유언비어 날포죄로 체포하였다.

박정희가 죽은 직후 내린 비상계엄령은 제주도를 제외한 것이었는데 제주도를 포함한다는 구실을 붙인 것이 전국비상계엄령확대였다. 더구나 5월 17일 밤 12시에 내려진 전국비상계엄령확대는 특별한 계기도 없이 내려진 조치였다. 이미 내려져 있는 비상계엄령하에서 제주도까지 확대할 특별한 국가안위의 위급한 비상사태가 발생한 것도 아니었다. 누가 보더라도 그것은 어떤 정치적 목적을 갖고 치밀한 사전 계획에 의해 진행된 의도적인 것이었다.

더욱 놀라운 일은 전두환이 수개월 전부터 비밀리에 공수부대를 별도로 훈련시키면서 무자비한 탄압을 통해 국민을 호도할 곳을 찾고 있었다는 것이다. 그렇게 계획적으로 투입된 곳이 광주였다. 5월 18일부터 27일까지 10일 동안 광주에서 벌어진 총격전은 훈련받은 최고정예부대인 대한민국 공수부대 군인들에 의해 저질러진 일반 시민에 대한 일방적이고 무자비한 학살이었다. 그리고 광주 시민의 수백, 수천 명 희생자들의 피 냄새도 가시기 전인 5월 31일, 전두환은 국가보위비상대책위원회(국보위)를 발족시키고 자신이 상임위원장을 맡으면서부터는 사실상 정부권력까지 장악해 버렸던 것이다.

이런 혼란스러운 정국 속에 15P 헌병대는 이러한 상황을 반영하듯 계엄군에 의해 체포되어 들어오는 수감자들로 북새통을 이루었다. 수감자들은 15P 영창으로 모여들었다. K 헌병은 이렇게 체포되어 오는 수감자들에게 영창의 규율을 강조했다.

"여기는 민간사회가 아니다. 지난날은 모두 잊고 오로지 복종만 하기 바란다. 그 복종이란 영창의 규정을 지키는 거다."

근엄하게 말하는 K 헌병은 수감자들에게 저승사자와 같은 존재로 군림하고 있었다. K 헌병은 애초부터 민간사회에서 통용되는 자유니 민주니 하는 구호에 대해서는 거부감을 가지고 있었다. K 헌병은 군중에게 자유와 민주를 부여하는 순간 다들 자기방식대로 이익만 챙기려 드는 군중심리가 작용하기 때문에 혼란이 일어난다고 생각하고 있었다.

그래서 15P 영창 안을 지배하는 K 헌병의 규율은 철저하였다. 오직 정해진 규정에 의해서만 수감자들은 행동해야만 하였다. 조금이라도 규정에 위배되거나 그 규정으로부터 유추된 K 헌병의 규율적 생각에 어긋나는 일이 발생한다면 그것은 곧 징벌이었다. 여기서 말하는 규정의 유추는 K 헌병이 자의적으로 생각하는 모든 것이라고 생각하면 되었다. 그러니까 영창 안에서의 규정이란 K 헌병의 말 한마디로 정해지는 거였다.

그 징벌에는 눈곱만큼의 인간적 감정도 묻어 있지 않았다. 설사 그 징벌 과정에서 수감자들의 몸이 피투성이가 되더라도 K 헌병은 그 징벌이 끝날 때까지 멈추지 않았다. 그것은 K 헌병이 갖는 철의 규율이었다.

이러한 K 헌병의 생각은 최근 벌어지고 있는 계엄군들의 민간인에 대한 무차별적인 폭력과 체포 속에 벌어지는 억압적인 행동과 너무나도 일치하는 것이었고 시시각각 전해지는 계엄군의 정국장악소식은 K 헌병의 자부심을 더욱 높여 주었다. K 헌병은 정국이 혼란스러울수록 자신의 임무에 더욱 충실하고자 하였다. K 헌병에게 주어진 임무는 15P 영창을 지키는 것이었다. 국가에 대한 충성심으로 똘똘 뭉친 K 헌병으로서는 정국 전체가 어떻게 돌아가는지는 잘 모르지만 기하급수적으로 불어나는 15P 영창의 수감자들의 상황으로 미루어 짐작해 볼 때 자신이 갖고 있는 권한의 중요성을 감각적으로 느끼고 있었던 것이다. 그것은 수감자들에 대한 철의 규율이었고 15P 영창의 규정 외 어떠한 자율도 허용하지 않는 것이었다.

망미동 삼일공사

정우는 일주일째 영창 귀퉁이 마룻바닥에 담요를 깔고 앉지도 못하고 바로 눕지도 못하는 상태로 엎드려 생활하고 있었다. 정우는 헌병대에 잡혀온 첫날부터 어딘가로 끌려가 며칠 동안 계속 두들겨 맞기만 했다.

"부웅-, 스르르."

자신을 데리러 오는 승용차 엔진 소리가 들리면 정우는 온몸에 소름이 돋았다. 아침 9시가 되면 새까만 승용차가 어김없이 정우를 데리러 왔다.

정우는 수갑을 찬 채 승용차에 올라탔다.

"끝장난 놈의 자식, 아직 살아 있네" 하고 어두컴컴한 승용차 뒷좌석에서 묵직한 저음의 서늘한 목소리가 들려오면 정우는 간담이 오그라드는 느낌을 받았다.

정말 정우는 끝장난 놈이었다. 총칼은 물론이고 탱크와 장갑차를 앞세워 온 나라를 장악한 서슬 퍼런 계엄군을 상대로 싸움을 걸었으니 끝장난 놈이 아니고 다른 말로 표현할 길이 없는 것은 분명하였다. 밖이 보이지도 않게 새까맣게 선팅된 승용차 뒷자리에는 건장한 남자 2명이 앉아 있었다. 그들은 끝장난 놈인 정우를 자신의 좌석 사이에 앉히면서 싸늘한 눈빛을 보내었다.

"덜컥!" 하고 승용차가 빠른 속력으로 15P 정문 차량 과속 방지용 문턱을 솟구쳐 지나며 차도로 내달렸다. 정우는 승용차를 탈 때마다 몸서리가 날 정도로 소름이 돋았다. 처음에는 끌려가는 장소가 어딘지도 몰랐는데 나중에 영창 안 수감자들이 알려 주어 그곳이 망미동 삼일공사라는 것을 알았다. 부산지구 계엄합동수사단이 설치된 곳이었다.

"……."

약 15분밖에 안 되는 짧은 이동거리였지만 승용차 안에서 한마디도 하지 않는 적막감은 정말 견디기가 힘들었다. 그렇다고 먼저 말을 할 수도, 할 말도 없었다. 앞의 운전수는 군인이었는데 상사 계급장을 달고 있었다. 승용차 안에 묘하게 풍겨 나오는 향수 냄새는 더욱 견디기 힘들었다. 왠지 사람을 주눅 들게 하는 냄새랄까, 수사기관 특유의 냄새가 있는 것 같았다.

도착하자마자 정우는 지하실로 끌려갔다. 그곳에는 정우를 담당하는 수사관이 기다리고 있었다. 약 5평 정도 되는 사각형 공간에 철제책상 1개와 의자 2개가 놓여 있었다.

첫날 수사관은 다짜고짜 정우에게 욕설을 퍼부으며 엎드려 뻗쳐를 시켰다.

"뒤로 굴러!"

"앞으로 굴러!"

"이 새끼 아직 정신을 못 차렸네."

"여기는 인마, 간첩 잡는 곳이란 말이야."

그러고는 정신없이 발길질을 해 댔다. 정우는 머리를 감싸 안고 비명을 질렀다.

"어디서 시끄럽게 소리를 질러, 아직 맛을 덜 봤구먼."

구둣발이 사정없이 정우의 머리를 걷어찼다. 정우는 머리가 멍해졌다. 정우는 소리도 지르지 못하고 속으로 비명을 삼켰다. 정우는 그렇게 한참 동안 죽창에 찔려 널브러진 들짐승처럼 앓는 소리를 내며 구타를 당했다. 그리고 잠시 조용해졌는데, 아마도 때리는 것도 힘들었는지 잠시 쉬는 모양이었다. 정우가 가만히 눈을 뜨자 사무실 안에는 아무도 없었다.

휘청, 하고 정우가 어지러움을 느끼며 일어나 의자에 앉는데 갑자기 문이 벌컥 열리며 다른 수사관이 들어왔다. 나무 몽둥이를 가지고 씩씩거리며 들어오는데 화가 많이 난 것 같았다. 수사관은 들어오자마자 몽둥이를 내밀어 정우의 턱 끝을 거칠게 밀어 올리며 말했다.

"뒤로 누워 새끼야."

그 기세에 눌려 정우는 후다닥 의자에서 일어나 시멘트 바닥에 곤두박질치듯이 쓰러지며 뒤로 누웠다. 시멘트 바닥에 등을 대고 누운 정우의 허리를 구둣발로 툭 치며 수사관이 몽둥이를 치켜들고 말했다.

"다리 올려 새끼야!"

말끝마다 온통 욕이었다. 정우는 누운 자세에서 맨발을 위로 올렸다. 아까 지하실로 내려올 때 정우는 낡은 국방색 군복으로 옷을 갈아입었는데 군복 속에 러닝과 팬티만 입고 신발은 물론이고 양말도 모두 벗은 채 맨발로 이 사무실로 끌려왔던 것이다. 정우는 후들거리는 다리를 들고 눈을 감았다. 위로 올린 정우의 발바닥을 수사관은 몽둥이로 사정없이 내리쳤다.

"쾅!"

발바닥 맨살에서 나는 소리가 아니었다. 발바닥을 때린다면 일반적으로 '철썩' 하는 소리가 나야 하는 것 아닌가? 그런데 그 소리는 사람의 살이 아니라 딱딱한 물체끼리 서로 부딪혔을 때 나는 소리였다. 발바닥이 아니라 바로 발뒤꿈치 바닥 뼈대를 정확하게 가격하는 소리였던 것이다. 정우는 몽둥이 한 대에 이미 정신을 잃어버릴 정도가 되어 버렸다. 발뒤꿈치를 울리며 허벅지 대퇴골과 엉덩이 골반 엉치뼈를 지나 허리 척추를 찌르듯이 통과한 통증은 정우의 머릿속을 강타하면서 뒷골을 쑤시듯이 헤집었다. 정우의 온몸이 경련을 일으켰다. 발바닥에 불이 난 것 같았다. 순식간에 발바닥이 퉁퉁 부풀어 올랐다.

정우의 발바닥을 때리는 수사관의 기술은 가히 경지에 이른 것 같았다. 수사관은 서두르지 않았다. 천천히 몽둥이를 들어 공중에서 시차를 두고 일순간 동작을 정지했다가 느닷없이 몽둥이를 내리치며 한 대씩 때렸다. 마치 몽둥이가 살아 있는 듯했다. 먹이를 탐욕스럽게 노리며 공중을 천천히 돌다가 목표를 정한 순간, 잠시 정지했다가 쏜살같이 내리꽂히는 매처럼 몽둥이는 정우의 몸을 강타했다. 그 살아 있는 몽둥이가 공중에서 맴돌다가 정지하는 순간, 그 순간이 정우에게는 너무나 무서웠다. 또한 그 두려움 뒤에 살갗을 파고드는 통증은 이루 말할 수가 없었다.

시간이 얼마나 흘렀는지 정우는 정신이 없었다. 일등병 계급장을 단 군인이 군대식 짬밥을 가지고 들어왔다. 점심시간인 모양인데 정우는 짬밥을 반은 남기다시피 대충 식사를 하고 의자에 잠깐 앉았다. 허기는 느끼는데 그것이 배를 채워야 된다는 생각이 들지 않고 무언가 불안한 마음으로 자꾸만 주위를 살펴야 한다는 급한 마음만 일어났다. 이러니 정우가 밥맛이 있을 리가 없었다.

오후에는 또 다른 수사관이었다.

"뭐야, 때릴 데도 없구먼."

정우의 얼굴을 힐끗 쳐다보는 수사관의 눈초리가 매서웠다.

"엎드려, 인마!"

멸시하듯 말하는 수사관의 태도에 정우는 모멸감을 느꼈지만, 이미 저항하고자 하는 의지가 없어진 지 오래였다. 오히려 두려움에 길들여진 짐승과 다를 바 없이 정우는 고분고분 복종하고 있었다. 그러나 이러한 정우의 두려움과 복종조차 수사관에게는 아무런 관심거리가 안 되었다. 수사관에게 정우는 이미 사람이 아니었기 때문이다. 자신들이 정해 놓은 어떤 목적을 위한 도구일 뿐 정우가 무엇을 생각할 줄 아는 생명체라는 것을 염두에 둔 것이 아니었다. 구타는 일상적인 것이었고 기계적으로 반복되는 수사관과 범죄인에 대한 조사는 그들이 짜 놓은 어떤 공식에 끼워 맞추는 소모품의 역할을 정우에게 부여하는 것이었다.

이것은, 역설적으로는 정우 역시 이들에 대한 두려움이나 복종을 전제로 인간적인 고통을 자초할 이유가 없는 것이었다. 정우는 이미 이들에게는 사람이 아니었기 때문에 어쩌면 그들의 멸시로부터 모멸감을 느낄 하등의 이유가 없었다. 그럼에도 정우의 가슴은 두려움으로 떨려 왔고 수사관의 몽둥이는 너무나도 아프게 정우의 온몸을 짓이겼다.

수사관의 몽둥이는 며칠 동안 정우의 엉덩이를 강타했다.

첫날 정우의 엉덩이가 통통 부어올랐다.

둘째 날 정우의 엉덩이는 결국 피가 터져 버렸다.

셋째 날 정우의 엉덩이에서 피가 묻어 나오자 수사관은 때리기를 멈추었다.

넷째 날부터 정우는 철제의자에 앉지도 못하고 비스듬히 기대어 조사를 받았다. 터진 엉덩잇살 옆으로 쓰라리지 않은 부위를 의자 귀퉁이에 걸쳐 엉거주춤하게 앉아 있는 정우의 모습은 연약하기 그지없었다.

"이름은?"

"배정우입니다."

"주소는?"

"부산시 동래구 장전동입니다."

"번지 몰라?"

"715번지입니다."

"직업!"

"학생입니다."

"어느 학교야?"

"부산대학교입니다."

"이 자식, 학생이 공부나 하지 데모를 하고 그래?"

수사관의 눈빛이 조금 누그러졌다.

"이거 보고 그대로 써!"

수사관이 A4용지 몇 장을 휙 던졌다.

"다 알고 있으니까 거짓말할 생각은 하지 마라!"

방문을 거칠게 닫고 나가며 수사관이 쐐기를 박았다. 이미
정우에 관한 것은 조사가 다 되어 있었던 것이다.

5·19 성전(聖戰) 포고문

정우는 몇 달 전 5월 17일 전국비상계엄령확대가 선포되는 날 저녁, 자신의 자취방에 친구 석구와 후배 영호, 그렇게 셋이 은밀하게 모였다. 모두 같은 대학 동학들이었다. 전두환 보안사령관의 정치권력 찬탈이 긴박하게 진행된다는 것을 예상하고 4월부터 대학 내에서 농성을 해 온 터라 5월 17일 전국비상계엄령확대가 무엇을 뜻하는 지는 모두가 잘 알고 있었다.

'18년 동안 박정희 군사정권과 유신독재정권에 유린당해 왔다.'

'이제 겨우 학원자율화를 통한 민주주의를 쟁취하고 사회 민주화를 이루어 나가고 있는 순간에 또다시 유신망령 전두환 군사쿠데타 세력에게 당할 수는 없다.'

'당면한 투쟁과제는 계엄을 즉각 철폐시키는 것이다. 다음으로 전두환 군사쿠데타 세력의 정권강탈을 저지하고 군사독재를 타도하기 위한 투쟁을 전개하는 것이다.'

대부분의 학생이 이러한 인식에 공감하고 있었다. 다만 '독재타도'의 구호는 박정희의 죽음으로 유신독재정권이 무너졌

음에도 지속적으로 외쳐졌다. 그것은 현재 정부가 아직 유신 잔당들이 장악한 정부라는 것이고 전두환 군사쿠데타 세력들이 그 유신잔당의 선두에 서서 역사를 되돌리려 하고 있었기 때문이다.

정우와 영호는 미리 준비한 등사기를 꺼냈다. 영호가 청색 먹지에 철필로 줄판을 긁으며 글을 썼다. 석구는 정우와 같은 학과에 다니는 친구였다. 석구가 등사기에 잉크를 바르고 먹지를 붙이는 사이 정우는 인쇄할 종이를 등사기 밑에 넣고 석구와 함께 롤러에 잉크를 묻혀 유인물을 한 장씩 찍어 내었다. 아무도 말을 하지 않았지만 마치 사전에 역할을 나눈 것처럼 일들이 착착 연결되었다. 물론 긴장된 눈빛으로 서로의 얼굴을 바라보고 있었지만 말이다.

롤러를 미는 석구의 손이 떨리고 있었다. 정우나 영호와는 달리 석구는 학내 서클활동과는 무관한 대학생활을 하고 있었다. 친구 정우와는 고등학교 때부터 친하게 지내는 사이였다. 석구는 정우로부터 학내 서클활동에 대해서 간혹 이야기를 듣거나 서로 토론을 하기도 하지만 크게 관심을 두지는 않았다. 그저 정우와 친한 친구로서 어울리는 정도였다. 그러한 석구에게 얼마 전 정우가 부탁을 한 적이 있었다.

"석구야, 지금 시간 좀 낼 수 있나?"

"응, 무슨 일인데?"

"물건을 옮겨야 하는데 니가 도와주면 수월할 것 같아."

"그래? 같이 가자."

별다른 생각 없이 석구는 정우를 따라나섰다. 정우가 석구를 데리고 간 곳은 허름한 야학건물이었다. 정우는 그 건물 안 구석에 비스듬하게 세워져 있는 등사기를 꺼내었다. 그리고 석구는 정우와 함께 그 등사기와 부속품들을 챙겨 정우의 자취방으로 가져왔다.

그날 석구는 정우에게서 여러 가지 이야기를 들었다. 야학생활에 대한 이야기와 그곳 학생들의 처지에 대해 들으며 석구는 정우를 다시 바라보았다. 무언가를 갈망하는 듯 석구를 바라보는 정우의 얼굴이 상기되어 있었다.

석구는 마음속으로 부끄러운 생각이 들었다. 정우는 석구에게 친구였지만 무언가 자신과는 다른 이상을 추구하며 남을 먼저 생각하는 듯한 느낌을 가지게 하는 묘한 분위기를 만들곤 하였다. 그때마다 석구는 슬그머니 그러한 분위기를 피하곤 하였다.

그날도 석구는 정우의 이야기를 들으며 그러한 느낌을 받았다. 그러나 그날은 그러한 분위기를 피하고 싶은 생각이 들지 않았다. 오히려 석구는 정우에게 도발적인 질문을 던졌다.

"니가 원하는 사회가 뭐꼬?"

석구의 진주 사투리가 거칠게 튀어나왔다. 석구는 시비조로 말을 할 때 사투리가 심해지곤 했다. 그러나 마음은 너무나 여리고 따뜻하다는 것을 누구보다도 잘 아는 정우는 석구의 질문에 빙긋 웃음을 띠며 석구에게 다가앉았다.

"그래갖고 이길 수 있겠나? 저놈들은 총칼로 무장을 하고 수십만의 군대가 있는데."

정우가 석구의 앞의 질문에 민중이라는 단어를 말하자마자 석구는 정우의 말을 끊으며 다시 도전적인 질문을 퍼부었다.

그날 정우는 석구의 질문에 쩔쩔매며 논리적인 답을 하고자 애를 썼다. 그러나 그러한 답은 이론일 뿐이었다. 더구나 정우의 수준에서는 책의 내용을 외우는 정도에서만 대답을 할 수 있을 뿐이었다. 그럼에도 석구는 질문을 멈추지 않았고 마지막에는 정우에게 제안을 하였다.

"일단 함께 해 보자."

석구의 이 말은 정우가 그동안 정말 갈망해 왔던 말이었다. 아까 석구가 바라보았던 정우의 상기된 얼굴은 바로 이 말을 듣기 위한 것이었다.

그러나 석구는 이렇게 말은 했으나 아직 자신은 없었다. 석구는 정우가 학내 서클활동에 대해 보안을 유지하고 있다는 것을 잘 알고 있었다. 간간이 토론을 하다가도 조직활동에 대한 이야기가 나오면 정우는 입을 닫았다. 그러한 정우를 잘 아는 석구지만 조금은 서운한 생각을 하면서도 정우의 학내 서클활동에 대해서는 일절 아는 척을 하지 않았다. 그러한 석구가 드디어 정우에게 조직활동을 요청한 것이다.

그러나 정우는 석구가 이렇게 빨리 자신의 생각을 정리할 줄은 몰랐다. 최근 석구는 여자 친구에 대한 고민을 정우에게 털어놓은 적이 있었다. 같은 동네에 사는 여학생인데, 아침마다 같은 시내버스를 타고 통학을 하며 얼굴을 익힌 여학생이었다. 처음에 석구는 얼굴만 알 뿐 이름도 학과도 모른 채 매일 일찌감치 나와 기다리다가 그 여학생이 타는 시내버스를 함께 타고 통학을 하는 것이 전부였다. 그러다가 결국에는 몰래 그 여학생의 뒤를 밟아 학과를 알아내고 이름까지 알게 되었으나 정작 그 여학생에게는 말도 한마디 붙이지 못하고 마음속으로만 애를 태우고 있는 상태였다. 정우 역시 이런 일에는 숙맥이라 석구의 고민을 들어주는 정도였고 학교 안에서 석구가 가리키는 그 여학생을 먼발치로 바라본 적이 있을 뿐이었다.

"머리카락이 굉장히 부드럽더라. 내 손등을 살살 간질이는데 정신이 하나도 없더라."

어느 날 석구가 즐거운 표정을 지으며 정우에게 말을 하였다.

"무슨 말이야?"

정우는 의아해하며 물었다.

"긴 머리, 긴 머리 여자에 대한 이야기지."

여전히 즐거워하며 석구는 정우의 얼굴을 빤히 바라보았다.

"긴 머리라니?"

"그래, 긴 머리."

언제부터인가 석구와 정우는 그 여학생을 '긴 머리'라는 이름으로 부르고 있었다. 그 여학생은 생머리를 길게 기르고 있었고 미술대학 디자인 관련 학과에 다니는 학생답게 옷을 매우 세련되게 입고 다녔다. 석구는 그 여학생의 학교생활에 대한 일거수일투족을 거의 다 알 정도로 열심이었다. 그리고 정우는 종종 석구에게 '긴 머리'의 안부를 묻곤 하였다.

"오늘 아침에 버스를 같이 타고 왔어."

석구의 말에 정우가 정색을 하며 다시 물었다.

"그런데 머리카락 이야기는 뭔데?"

"으응, 머리카락이 내 손등에 닿았다는 말이지."

석구의 이야기는 간단했다. 시내버스를 타고 오다가 마침 자리가 비어 앉았는데 공교롭게도 앞자리에 그 여학생이 앉았다는 것이다. 그리고 바로 뒷자리에 앉은 석구는 흔들리는 버스에서 몸의 균형을 잡기 위하여 앞좌석의 등받이를 잡았고, 마침 열려 있는 창문으로 시원한 바람이 들어오면서 앞자리에 앉은 그 여학생의 긴 머리카락이 바람에 휘날렸다고 했다. 그 여학생의 긴 머리카락은 뒷자리에 앉은 석구의 눈앞에서 어지럽게 휘날리며 앞좌석의 등받이를 잡고 있던 석구의 손등을 쓰다듬었는데 버스를 타고 오는 내내 석구는 그 여학생의 머리카락을 온몸으로 느끼면서 온 거였다. 그 느낌으로 타고 왔던 아침 버스 이야기였다.

"내 참, 싱겁기는."

정우는 석구의 즐거워하는 얼굴 표정을 바라보며 씩 하고 웃을 수밖에 없었다. 그러한 석구였다. 정우는 석구의 조직활동 요청에 대해 즉각적인 답을 할 수가 없었다.

우선 몇 가지 과정이 필요했는데, 학습도 학습이지만 정우가 하고 있는 비공개서클활동의 가장 중요한 부분은 보안이었다. 조직활동에 대한 보안은 동료에 대한 애정으로부터 나온다고 정우는 평소에 생각하고 있었다. 그 애정은 조직활동에 대한 믿음과 동료에 대한 신뢰 없이는 만들어질 수가 없는 것이었다. 정우는 당분간 석구와 함께 하며 실천을 모색하는 시간을 가지기로 하였다. 아직 정우에게 석구는 친한 친구 사이였던 것이다.

롤러를 미는 석구의 손이 더욱 떨리고 있었다. 석구는 아까부터 긴장을 하고 있었다. 바깥에서 들려오는 작은 발자국 소리에도 가슴이 덜컥하고 내려앉을 정도였다. 석구의 마음 한구석에서 후회가 밀려왔다. 지금 자신이 하고 있는 행동이 어쩌면 이후 자신의 삶을 송두리째 바꿔 버릴 수도 있겠다는 생각에 석구는 두려움을 느꼈다. 정우는 이러한 석구의 생각을 아는지 모르는지 등사기에 종이를 부지런히 밀어넣고 있었다. 덩달아 바빠지는 롤러를 미는 석구의 손길이 점차 안정을 되찾아 갔다. 석구의 이마에 땀이 맺혔다. 정우 역시 바쁘게 손을 움직이며 발갛게 상기된 얼굴을 들어 석구에게 씩 하고 웃음을 보냈다.

잠시 동안이었지만 등사기를 밀며 유인물을 찍어 내는 시간이 정지한 듯 고요해졌다. 아무도 말이 없었다. 무의식적이었지만 서로가 느끼지 못하는 시간이 지나간 듯했다. 석구는 어느 순간부터인지 긴장을 풀고 정우가 밀어넣는 종이에 등사판을 얹으며 롤러를 바쁘게 밀고 있었다.

'이미 시작된 싸움이야.'

석구는 조금 전까지의 자신의 생각을 털어 버리듯 혼자 중얼거리며 더욱 바쁘게 롤러를 밀었다. 처음에는 잉크가 잘 묻지 않아 흐릿하게 찍혀 나오던 유인물이 몇 장을 찍어 내자 또렷한 글씨로 찍혀 나오기 시작하였다.

'성전(聖戰) 포고에 즈음하여'

유인물 제목이 비장했다. 내용은 영호의 필체가 그대로 묻어났다.

당국은 5·18반동조치로써 계엄확대강화 및 민주인사 구속 등 실로 목불인견식 탄압을 가하는 바, 현 정권 음모와 반민주적 태도는 조국의 통일과 민주화를 열망하는 우리들에게 촌보라도 양보될 수 없다. ……또다시 유신망령이 해골을 굴리며 나오는 이때……

유인물 내용 중에 나오는 해골은 전두환을 빗대어 하는 말이었다. 당시 전두환 보안사령관의 모습은 해골처럼 보였다. 대머리인데다가 무언가 비장한 각오를 한 건지 양쪽 귀 옆에 조금 남아 있는 몇 가닥 머리카락마저 삭발을 하고 나타난 전두환은, TV에 근엄한 얼굴을 하고 나올 때마다 해골이 굴러가는 것처럼 보였다. 유신헌법으로 장기집권을 획책하다 총에 맞아 죽은 박정희 대통령이 가장 총애한 양아들이라는 소문도 나돌면서 그야말로 유신망령처럼 보였다.

밤늦도록 1,000장 정도의 유인물을 등사기로 찍어 내었다. 청색 먹지의 글씨가 200~300장 정도 찍어내다 보면 망가져 버리기 때문에 다시 새로운 청색 먹지에 똑같은 내용의 글을 써서 3~4번 반복해서 찍어 내는 시간이 꽤 오래 걸린 것이다. 그리고는 새벽까지 시위 계획을 의논하였다. 5월 18일은 일요일이라 학생들이 학교에 나오지 않을 것이라서 5월 19일 월요일에 남포동 시내에서 유인물을 살포하기로 하였다. 정우는 월요일 오전에 서클 동료들에게 시위계획을 전달하고 일반학생들에게 알려 줄 것을 부탁하기로 했다. 이미 계엄군이 시내를 장악하고 칼까지 꽂은 총을 들고 시내를 누비고 있는 상황이었기 때문에 시위를 한다는 것은 곧 목숨을 내거는 것이라는 점을 정우와 영호, 석구는 잘 알고 있었다. 그만큼 비장한 각오를 다지며 정우와 영호, 석구는 각자의 역할분담을 위해 일단 헤어졌다.

그리고 시위를 위한 유인물 준비와 장소 물색을 마치고 월요일 오전 중에 다시 만난 정우에게 영호가 말했다.

"형, 준비는 다 되었지요?"

"그래."

짧게 오가는 말투 속에 비장함이 감돌았다. 아마도 영호는 준비 정도를 묻는 것이 아니라 자신의 결의를 다지는 의미였을 것이다.

"대충 300장씩이야."

석구가 유인물을 삼분하여 종이봉투에 넣었다. 각자는 유인물이 든 봉투를 아무 말 없이 받아들며 책가방에 넣었다. 서로를 바라보는 눈빛에 결연한 의지가 담겨 있었다. 이미 세 사람의 투쟁은 시작되고 있었기 때문이다.

엊그제 저녁부터 어제 새벽까지 유인물을 찍어 내며 서로의 결의는 이미 확인했다. 그 결의는 행동하는 것이었고, 그 행동은 '성전 포고문'이었다. 유인물을 찍어 내는 행동 자체가 계엄법 위반이기 때문에 은밀하게 이루어져야 하는 것이었고, 그것은 투쟁의 시작이었다. 그 투쟁 중 지금이 가장 중요한 시간이었다. 이미 투쟁은 시작되었으나 아직 대중들과의 결합은 이루지 못했기 때문이다. 철저한 보안은 물론이고 각자의 행동 거지조차 조심스러워야 하는 시간이었다. 유인물을 가지고 시위 장소에 도착하기까지 일체의 흐트러짐이 없어야 했다.

"신속하게 움직여야 한다."

정우는 석구, 영호와 함께 긴장된 눈빛을 주고받으며 남포동으로 향했다. 일단 철저하게 사전계획대로 움직이되, 만약 누군가가 잡히면 고문에 못 이길 것을 예상하고 나머지는 재빨리 도망을 간다는 약속을 하였다.

이른 오후쯤에 남포동으로 나온 정우 일행은 시위장소를 둘러보았다. 거리 분위기를 사전에 파악하고 유인물 살포 장소와 시위를 어떻게 주도할 것인가를 미리 숙지하기 위해서였다. 많은 학생들이 거리를 걷고 있었다. 거리 구석구석에 남녀 학생들이 무더기로 몰려다니며 데이트 아닌 데이트를 하고 있는 듯하였다. 아예 몇몇 학생은 부영극장 주변과 광복동 거리의 인도 옆에 앉아 무언가를 기다리고 있는 눈치였다. 물론 사복형사들도 눈동자를 번뜩이며 거리를 긴장된 눈으로 지켜보고 있었다. 정우와 영호, 석구는 이 모든 것이 다 파악되었다.

"조심해라."

시위시간이 다 되어 가자 정우는 영호에게 속삭이듯 말하며 헤어졌다.

"시간 정확히 지키소."

영호가 짧게 말하며 데이트족을 가장하여 여자 친구와 함께 부영극장 쪽으로 걸어갔다. 정우는 석구와 구둣방 골목으로 걸어가다가 서로 눈짓을 하며 헤어졌다. 거리 분위기를 통해 시위계획이 이미 많이 알려져 있다는 것이 파악되었기 때문에 정우는 자신감을 가지면서도 한편으로 긴장된 마음으로 주위를 살폈다.

정우는, 많은 학생들이 거리로 나와 있는 반면에, 사복형사들도 시위계획을 알고 거리 곳곳에 배치되어 있다는 것을 짐작할 수 있었다. 조금이라도 낯설거나 신중하지 못한 행동을 한다면 곳곳에 배치되어 있는 사복형사들에게 즉각 발각될 수 있다는 생각을 하며 조심스럽게 다음 장소로 이동하였다.

계엄군은 5월 17일 밤 12시를 기해 비상계엄령이 전국으로 확대되자 곧바로 전국의 대학교를 봉쇄하고 학생들의 수업을 막아 버렸다. 휴일인 5월 18일을 이용하여 관공서와 대학들을 탱크와 무장한 군인들로 순식간에 봉쇄한 것이다. 그리고 5월 19일 월요일 오전 수업에 출석하는 학생들을 정문에서 막고 들여보내 주지 않고 있었다. 학생들은 학교에 왔다가 비로소 이러한 상황을 알게 되자 분노하였고, 한편으로 시위계획소식을 은밀하게 들었던 것이다. 그러한 학생들이 모두 남포동 거리로 모여든 것 같았다.

그러나 정우는 시위를 주도할 방법을 찾기가 어려웠다. 거리 곳곳에 배치된 사복형사들은 공공연하게 주위를 살피며 모여 있는 학생들이나 시민을 은연중에 위협하고 있었다. 조그마한 움직임이라도 포착되면 즉각 체포할 태세였다. 대로변에는 총을 들고 착검까지 한 계엄군인들이 트럭에 빽빽이 올라타고 있어 시위가 일어나면 시위장소로 언제든지 신속하게 출동할 수 있도록 경계를 펴고 있었다. 정우는 일단 계획대로 유인물을 살포하고 학생과 시민의 반응을 보면서 다음 단계로 시위를 모색하기로 마음을 먹었다.

5월 19일 저녁 7시 30분 남포동 거리 세 군데에서 동시에 유인물이 살포되었다. 영호는 여자 친구와 함께 부영극장 안에서 유인물을 살포하였고 석구는 구둣방 골목에서 유인물을 살포하였다. 정우는 용두산공원과 연결되는 미화당백화점 건물의 3층 복도 창문 밖으로 유인물을 살포하였다.

정우가 유인물을 살포한 미화당백화점은 바로 앞에 창선파출소가 마주보고 있는 곳이었다. 파출소가 바로 앞에 있는데도 이곳을 택한 이유는, 백화점 앞이라 사람이 많이 모여 있는 곳이기도 하지만 백화점 건물복도를 따라 올라가면 건물 옥상을 통해 용두산공원으로 연결되는 구름다리가 있어서, 유인물을 살포한 후 재빨리 건물 옥상을 통해 도망을 갈 수 있다고 생각했기 때문이다. 그러나 곧 알게 되었지만 그게 그렇게 쉽게 도망 수 있는 장소는 아니었다.

"잡아라!"

후다닥!

웅성거리는 시민과 학생들의 무리를 뚫고 사복형사들이 돌진하고 있었다. 마치 잔잔한 강물 위에 송사리 떼가 물길을 헤치듯 사방팔방으로 잽싸게 움직이며 유인물이 바닥에 떨어지기도 전에 낚아챘다. 아마도 계엄군과 경찰이 배치한 수사요원들인 것 같았다.

도로변에 흩날리던 유인물들이 순식간에 사복형사들에 의해 수거되어 버렸다. 시민과 학생들은 웅성거리면서 누군가를 기다릴 뿐, 시위대오로 나서지 못하고 있었다.

　　정우가 유인물을 백화점 3층 복도 창문 밖으로 던지자마자 파출소 앞에 있던 사복형사들이 쏜살같이 백화점 건물 복도로 달려 올라왔다. 천천히 계단을 오르는 정우를 스치고 사복형사들은 건물 옥상으로 올라갔다.

　　백화점 복도 창문은 미닫이식의 큰 창문이 아니라 환기용으로 만들어져 반쯤만 열리는 조그만 창문이었다. 밖에서는 창문 안이 잘 보이지 않을 정도였기 때문에 유인물을 창문 밖으로 던지는 정우의 모습도 밖에서는 물론 볼 수가 없었다.

　　순간적이었지만 정우는 가슴속으로 뭉클하는 감동이 일어났다. 그러나 해냈다는 성취감과 함께 긴장감이 더욱 크게 다가왔다. 순식간에 수거되어 버리는 유인물과 함께 방금 정우를 스치며 계단을 올라간 사복형사들에 대한 긴장감이었다. 어쨌든 다음 계획에 마음이 급한 정우는 빠른 걸음으로 계단을 올라갔다.

　　그러나 정우가 복도 계단을 채 다 오르기도 전에 사복형사들은 벌써 용두산공원으로 통하는 구름다리 입구를 막고 서 있었다.

　　'당황해서는 안 된다.'

　　정우는 계단을 오르는 걸음을 멈추지 않고 태연하게 발걸음을 옮겨야 했다. 정우는 마침 계단을 오르며 용두산공원으로 데이트를 즐기려 가는 남녀일행 속으로 묻혀들어 갔다. 같은 또래의 젊은 남녀들이 즐겁게 이야기를 나누며 무리지어 지나가는 것을 사복형사들은 눈을 번득이며 바라보고 있었다. 정우는 그렇게 무사히 빠져나왔다. 그리고 정우와 석구는 사전에 모이기로 한 장소에서 만났다. 영호가 보이지 않았다.

"5분까지만 기다리자."

정우는 시계를 보며 초조해하는 석구에게 말했다. 시위 장소에서 만나기로 한 장소까지의 거리를 계산하여 7시 50분에 만나기로 한 약속이었다. 만약 7시 55분까지 영호가 오지 않는다면 영호는 계엄군에게 잡혀 간 것이 분명하다고 보아야 했다. 7시 50분 약속은 무슨 일이 있어도 지켜야 하는 약속이었기 때문이다.

학생운동이나 사회민주화운동과 관련해서 은밀한 조직활동을 할 경우 수사기관의 미행이 일상적으로 진행되고 있었다. 그러한 미행을 따돌리기 위해서도 그렇지만, 긴급한 상황에서는 1~2분의 시간 차이가 체포를 모면할 정도로 사복형사들과 학생들의 관계는 한 치의 실수도 용납될 수 없는 긴장된 것이었다. 이러한 상황에서 5분은 꽤 긴 시간이었다. 결국 영호는 나타나지 않았다.

"빨리 자리를 피하자."

정우와 석구는 급하게 약속장소를 벗어났다. 약속시간 5분을 기다리며 정우는 영호가 최소한 5분 정도는 버텨 줄 것이라는 믿음을 갖고 있었다. 계엄군의 무지막지한 폭력에 아무리 초죽음을 당한다고 하더라도, 영호의 기개로 보아, 정우와 만나기로 한 약속장소를 쉽게 불지는 않을 것이라는 믿음이었다. 물론 계엄군은 세 군데서 동시에 뿌려진 유인물에서 영호와 함께 모의한 공범이 있을 것이라는 것쯤은 잘 알 것이고 상상도 할 수 없는 폭력이 가해질 것이지만 지금 정우로서는 영호의 투지를 믿을 수밖에 없었다.

정우는 시위계획을 계속해서 진행하기 어렵다는 판단을 하고 석구와 함께 급하게 남포동 거리를 벗어났다. 그리고 정우와 석구는 각자 집으로 돌아가 대충 짐을 챙겨 도망 길에 나섰다. 이러한 과정이 채 1시간도 걸리지 않았다.

나중에 들은 이야기지만, 정우와 석구 모두의 집에 정우와 석구가 집을 나가자마자 계엄군이 피투성이가 된 영호를 데리고 들이닥쳤다고 하였다.

그 후 정우는 넉 달 정도를 숨어 지내다가 9월 초에 계엄군에게 잡혔다. 그 사이 영호는 이미 군사재판을 받고 서울 고등군법으로 압송된 상태였고, 석구도 중간에 계엄군에 잡혀 조사를 받은 상태였다. 정우에 관한 조사내용은 이미 다 파악이 되어 있었던 것이다.

감시의 눈빛

"쾅당탕!"

현관문이 부서질 듯이 닫히며 소리를 내었다.

"네 이놈들, 차라리 나를 잡아가라!"

오늘도 정우의 어머니 김 여사는 이 경감과 실랑이를 하다가 이 경감을 쫓아내듯이 돌려보내고 현관의 철문을 세차게 닫으며 돌아섰다. 일상적으로 되풀이되는 일이었지만 정우의 어머니 김 여사로서는 이렇게라도 해야 아들이 살아 돌아올수 있겠다는 믿음이 생겼기 때문이다. 김 여사는 아들의 소식이 끊긴 지 몇 달이 지나는 동안 경찰의 집요한 감시를 받아왔다. 집 주위에는 항상 형사들이 지키고 있었다. 김 여사가 시장을 가거나 개인적인 볼 일을 보기 위해 집 밖을 나서면 어느틈에 형사들이 따라붙었다. 처음에는 아들의 일을 무마하기위해 아는 사람을 통해 선처를 부탁해 보기도 하고, 경찰서를 찾아가 사정을 해 보기도 하였다.

"어디서 빨갱이 새끼가 설쳐!"

찾아갔던 경찰서의 경찰책임자는 대뜸 소리를 지르며 김 여사를 본 척도 안 하고 자기 집무실로 들어가 버렸다. 선처를 바라는 김 여사의 생각은 아무 쓸모없는 일이었다.

"아줌마, 당신 아들은 끝났어."

사무실에 있던 다른 경찰관이 김 여사를 바라보며 싸늘하게 말했다. 정말 소름끼치는 말이었다.

"당신 아들이 어디 있는지 빨리 알려 주기나 하소."

"우리도 모르는데……."

김 여사가 주눅이 들어 말끝을 흐리며 말하자 담당형사인 듯한 경찰관이 책상을 손가락으로 두드리며 거만하게 말했다.

"거, 자꾸 거짓말하면 아줌마도 범인은닉죄로 잡아 가둘 수 있소."

경찰의 이 말이 결국 김 여사의 심통을 건드리고 말았다. 김 여사는 머리끝까지 화가 치밀어 올랐다. 그렇지 않아도 아들이 연락이 끊긴 지 몇 달이 지나도록 소식도 없어 하루도 편히 잠을 자지 못하고 있었던 김 여사였다. 아들이 죽었는지 살았는지도 모른 채, 서슬 퍼런 계엄군과 경찰들의 감시망 속에 숨소리조차 죽이며 주변 이웃들에게 하소연도 못 하고 지내던 김 여사였다.

그런데 방금 자신을 아무것도 모르는 무식한 아낙네 취급을 하면서 말도 안 되는 소리로 겁을 주며 경멸하는 듯한 경찰의 태도에 김 여사는 도저히 참을 수 없는 모멸감을 느꼈던 것이다.

"뭐야? 경찰이면 다야? 아들이 죽었는지 살았는지 소식도 모르는 부모한테 거짓말을 한다고? 당신은 자식도 없어?"

김 여사가 방금 말한 경찰에게 달려들어 멱살을 움켜잡으려고 하며 악을 쓰고 말했다. 그동안 꾹꾹 눌러 참았던 분노를 한꺼번에 쏟아내는 김 여사의 두 눈에 불길이 일었다.

"어어? 이 아줌마가 미쳤나?"

경찰이 김 여사의 손을 밀치며 뒤로 물러났다. 의자에 앉아 있던 경찰은 김 여사의 손길을 피하기는 했으나 뒤에 있던 책상을 밀쳐 쓰러뜨리며 사무실이 난장판이 되어 버렸다. 순식간에 일어난 일이었다. 주위에 있던 경찰들이 몰려들고 김 여사는 땅바닥에 주저앉아 '아이고 아이고' 하며 울음보를 터트려 버렸다.

"자자, 정우 어머니 그만하고 일어나세요."

조금 전까지 뒤편 책상에 무관심한 듯 앉아 있던 사복경찰 한 명이 김 여사에게 다가오며 아는 척을 했다. 김 여사를 부축하여 일으키며 사복경찰은 사무실 귀퉁이에 있는 소파로 김 여사를 데리고 갔다.

"제 명함입니다. 대학생 담당입니다"며 친절하게 말을 걸었다.

김 여사는 길게 숨을 내쉬며 일단 마음을 진정시켰다. 그리고 흐트러진 머리를 손으로 매만지고 옷깃을 여미며 명함을 받아 들었다. 그때까지도 흥분이 가시지 않았는지 명함을 받아드는 김 여사의 손길이 가늘게 떨리고 있었다.

"혹시 정우가 연락을 하거나 의논하실 게 있으면 연락을 주세요."

제법 예의를 갖추고 나지막하게 말하는 태도에 김 여사는 명함을 바라보았다.

"이 경감입니다."

사복경찰은 아무런 말이 없는 김 여사를 흘깃 바라보며 자신을 소개했다. 김 여사는 눈물자국이 번진 얼굴을 휴지로 대충 닦으며 사복경찰의 얼굴을 뚫어져라 바라보았다. 순간적으로 일어난 생각이지만, 김 여사는 '이놈이 내 아들의 생사를 쥐고 있다' 는 생각에 만약 무슨 일이 일어나면 이 사람을 기억해야 한다는 생각이 퍼뜩 떠올랐기 때문이다. 사복경찰은 김 여사의 눈길을 슬쩍 피하며 소파에서 일어섰다.

이 경감은 아까부터 김 여사를 유심히 관찰하고 있었다. 이 경감은 김 여사가 자신의 아들을 숨겨 놓고 일부러 경찰서에 와서 떼를 쓸 사람으로 보이지는 않았다. 대학생을 자녀로 둔 일반적인 부모와 다를 바 없는 수수한 외모였고, 소식이 없는 아들에 대한 안타까움을 호소하는 듯한 눈빛에는 부모의 심정이 절절히 묻어났기 때문이다.

그러나 한편으로 조리 있는 말투나 흐트러짐이 없는 행동거지로 볼 때 함부로 대해서는 안 되겠다는 경계심이 일어났다. 조금 전 동료 경찰관이 실수한 말투 때문에 곤욕을 치르는 것을 보고는 이 경감의 이러한 생각은 더욱 확고해졌다.

더구나 뚫어져라 이 경감을 바라보는 김 여사의 눈빛은 이 경감이 이 여인을 통해 아들의 소재를 알아낼 수 없다는 것을 말해 주는 것이었다. 한 치의 흐트러짐도 없는 김 여사였다. 자신의 아들 때문에 주눅이 든 듯 상대방에게 자세를 굽히지만 언제라도 자신의 권리가 침해당한다면 그것을 추호도 용납하지 않을 것이라는 생각이 들었다.

이날 이후로 김 여사가 경찰서를 찾을 때는 이 경감이 맞이해 주었다. 다른 경찰들은 김 여사를 아예 상대도 해 주지 않았다. 그리고 김 여사와 경찰 간의 숨바꼭질이 시작되었다. 김 여사는 하루에 시장을 두세 번 보러 가기도 하고, 없는 일도 만들어 동사무소와 우체국, 전화국을 둘러보기도 하였다. 그동안 경찰들의 감시에 주눅이 들어 피하거나 숨을 생각만 하였던 김 여사였다. 그러나 그날 이후, 경찰을 통해서는 아들의 생사나 소식을 전혀 알 수 없을 것이라는 판단과 함께 김 여사 자신까지 죄인 취급을 받으며 비굴하게 살 수 없다는 생각을 하였기 때문이다.

그러나 친척집이나 아들이 알 만한 장소에는 절대로 가지 않았다. 혹시라도 아들이 그곳에 머물고 있거나 들릴 수도 있다고 생각했기 때문이다. 경찰이 아들을 찾으면 찾을수록 아들은 잡히지 않았다는 것이고, 오히려 아들이 안전하다는 것을 말해 주는 것이라고 김 여사는 생각했다. 김 여사는, '죽었는지 살았는지 아무런 소식도 없는 아들이지만, 경찰이 찾고 있는 한, 아들은 아직 경찰에 잡히지 않고 살아 있다는 것을 증명하는 것이다'라고 생각하며 더욱 분주하게 움직였다.

그리고 거꾸로 경찰의 행동을 관찰하였다. 경찰이 김 여사를 감시하는 것이 아니라 김 여사가 경찰을 감시하는 모양새가 된 셈이다. 김 여사는 경찰이 집요하게 자신을 따라다니면 다닐수록 아들이 안전하다는 확신을 하게 되었던 것이다.

이러한 와중에도 이 경감은 거의 매일 김 여사의 집을 방문하였다. 정말 끈질긴 사람이었다.

"아직 연락이 없습니까?"

걱정하는 듯이 말하면서도 싸늘한 눈빛으로 주위를 두리번거리는 이 경감의 행동에 이력이 난 듯 김 여사는 딴전을 부리며 말했다.

"그러네요."

건성으로 대답하는 김 여사의 말투에 괜한 트집이 묻어 나왔다.

그러던 어느 날, 둘째 아들 정철이가 저녁 늦게 집으로 오다가 집 앞 골목길에서 경찰에게 연행되어 가는 사건이 일어났다.

사복경찰이 집 주위에 잠복하고 있다가 김 여사의 집으로 들어가는 둘째 아들 정철을 정우로 잘못 알고 연행했던 것이다. 정철은 맏아들 정우와 한 해 터울로 태어난 연년생으로 정우와 얼굴이 많이 닮았다. 마침 저녁 늦게 집으로 돌아오는 정철을 어둠 속에서 발견한 사복경찰이 정우로 오인하면서 거칠게 연행하였고 그 과정에서 정철을 구타하고 옷이 찢어지는 일이 일어났던 것이다.

　뒤늦게 이 사실을 알고 경찰서로 달려간 김 여사의 앞에는 둘째 아들이 만신창이가 되어 경찰서 안 구석 나무의자에 앉아 있었다. 이날 이후로 김 여사는 집 주위에 어슬렁거리는 사복경찰만 보면 달려들어 쫓아내었다. 집으로 찾아오는 이 경감과는 매일같이 싸우며 아예 집 안으로 한 걸음도 들여놓지 못하게 했다.

조사가 끝나다

정우는 대충 날짜를 맞추어 진술서 작성을 끝냈다.

"이 자식이 아직 정신을 못 차렸구먼."

오전 수사관이 정우의 진술서를 보고는 소리를 빽 질렀다.

"일어섯!"

정우는 벌떡 일어났다.

"야 인마, 니가 주동자야! 이것 말고 다른 내용을 써야 할 것 아냐? 너 북한 간첩한테서 돈 받았지?"

"아닙니다."

왼쪽 뺨으로 수사관의 주먹이 '퍽' 하고 지나갔다. 정우의 입안이 얼얼해지며 마비감이 왔다. 수사관의 손길이 멈추지 않았다. 정우가 양손으로 얼굴을 감싸 안고 나서도 한참을 지나 수사관은 때리기를 멈추었다.

"다시 써!"

수사관이 정우가 쓴 진술서를 찢어 버리고 나가 버렸다. 정우는 한동안 멍하게 앉아 있었다. 이미 조사가 다 되어 있는 진술서를 보고 그대로 쓴 것인데 다시 쓰라니. 뭘 더 쓰라는 말인가. 순진한 정우는 수사관이 내민 A4용지가 베껴 쓰라는 것이 아니라 '네가 한 일은 다 알고 있다' 는 수사관의 엄포라는 것을 뒤늦게 알아차렸다.

사실 정우의 진술은 별 의미가 없었다. 조사과정은 형식적이었고 조사를 빌미로 정우의 기세를 꺾어 놓으려는 수사관들의 의도가 있었던 것이다.

입안에서 피 냄새가 역하게 풍겨 나왔다. 정우는 철제책상 위에 놓여 있는 휴지로 피가 묻은 침을 뱉어내고 입가를 닦아내었다.

수사관 중에는 유달리 정우에게 가혹한 수사관이 한 명 있었다. 그 수사관의 눈빛은 마주치기조차 싫을 정도로 정말 싸늘하였다. 얼굴은 햇볕에 그을린 듯 짙은 갈색에 가까웠고, 피부는 곰보처럼 울퉁불퉁했다. 무표정한 얼굴에 인정머리라고는 찾아볼 수 없는 얼굴이었다.

"야 인마, 너 김대중 끄나풀이지?"

표준말이기는 하나 사투리를 약간 섞은 듯한 어긋지 말투에 찬바람이 쌩하고 불 정도의 차가운 톤으로 목소리를 낮추며 정우를 닦달하였다. 정우의 얼굴 가까이 수사관이 입을 대고 말할 때는 역한 입 냄새가 풍겨와 정우를 더욱 주눅 들게 하였다.

"가슴 펴고 바로 섯!"

책상을 사이에 두고 마주 앉아 있던 수사관이 정우를 째려

보며 말했다. 정우가 일어서서 가슴을 펴고 똑바로 서자, 그 수사관이 정우 바로 앞으로 다가왔다.

"한번 맞아 볼래? 이게 불치병 주먹이야."

수사관은 정우의 바로 앞에서 주먹으로 정우의 가슴을 통통 쳤다. 꽉 쥔 주먹의 정권 앞으로 튀어나온 지골마디가 정우의 가슴뼈를 파고들었으나 별로 아프지는 않았다. 계속해서 정우의 가슴을 북처럼 두드리는데 통통하는 소리가 정우의 가슴을 울리며 일어났다.

"별로 안 아프지?"

싱긋이 웃으며 가슴을 두드리는 수사관의 주먹이 멈추지를 않았다.

"인마, 이 주먹을 계속 맞으면 너는 폐병에 걸려 죽게 돼."

수사관의 말에 정우는 두려움이 일어났다. 정우의 얼굴이 돌처럼 굳어져 버렸다. 이러한 정우를 바라보는 수사관의 얼굴에 회심의 미소가 일어났다.

정우는 수사관의 주먹질에 상체를 앞뒤로 흔들며 가슴을 울리는 북소리를 아프게 들었다. 정말 그랬다. 수사관의 말은 거짓말이 아니었다. 가슴을 울리며 가해지는 주먹질은 정우의 숨소리와 엇박자를 타며 계속되었고, 주먹질이 계속될수록 정우의 숨이 막혀 왔다. 정우가 숨을 들이마시려고 하면 주먹이 가슴을 때리며 숨쉬기를 방해하였고, 숨을 내쉬려고 할 때도 주먹질이 가해지며 숨쉬기를 방해했다. 주먹질은 아프지 않았지만 가슴속 깊은 곳으로부터 일어나는 묵직한 통증은 정우의 가슴속 폐부 안쪽으로 피가 흘러내리는 듯한 통증을 가져다주었다.

이러한 주먹이 연속해서 가해질 경우, 폐의 운동을 방해할 것이고 그것은 폐의 기능을 약화시키면서 결국은 폐에 이상을 줄 것이 뻔한 일이었다. 폐에 병이 들 수밖에 없겠다는 생각이 들자 정우는 공포심이 일어났다. 정우의 생각을 알아차렸는지 한참을 때리던 수사관은 주먹질을 멈추고 정우의 얼굴을 경멸하듯 흘깃 바라보며 방을 나가 버렸다.

지난 일주일 동안 정우는 이러한 과정을 반복하였다. 매번 진술서를 고쳐 쓰고 다시 찢고 구타가 반복되었다. 그렇게 일주일이 지나고 나서야 조사가 마무리되었다.

조사가 끝난 날, 정우는 허탈한 심정이 되어 의자에 앉아 있었다. 정우가 진술서에 지장을 찍자 수사관은 정우의 진술서를 들고 밖으로 나가 버렸다.

가느다란 오후 햇살이 천정 아래 철망이 쳐진 구멍 틈새로 비쳐 들었다. 정우가 조사를 받고 있는 지하실은 위 천정 부분의 50센티미터 정도가 지표면 위로 솟아 있었다. 건물 바깥마당에서 보면 지하실인데 땅표면에서 50센티미터 정도를 띄워 놓아 빛이 지하실로 흘러 들어가도록 해 놓았던 것이다.

간혹 정우가 혼자 있을 때면 바깥세상의 소음이 들려왔다. 도로를 달리는 자동차 소리부터 길을 걸어가는 사람들의 발자국 소리와 아이들이 뛰어가며 지르는 소리도 들렸다. 바로 옆방에서 들리는 듯 가까웠다. 그렇게 자유로운 바깥세상을 지척에 두고서도 정우는 꼼짝없이 갇힌 신세가 되어 있었다. 어떤 자유도 없이 밀폐된 공간에서 정우는 전혀 예측할 수 없는 앞날에 두려움을 가지며 세상과 단절되어 있었던 것이다.

아무도 모른다는 것에 정우는 무서움을 느꼈다. 바깥세상이 지척인데, 아무도 정우가 이 좁은 지하실에 갇혀 있다는 것을 모른다는 것이 정말 무서웠다. 아무도 정우를 도와줄 수 없었다. 정우가 도움을 청할 수 있는 사람이 아무도 없었다. 정우는 완벽하게 혼자가 되어 버린 느낌이 들었다.

매일같이 정우에게 수갑을 채우는 군인들과 조서를 작성하며 폭력과 폭언을 일삼는 군수사관들 말고는 아무도 없었다.

"이 새끼, 너는 쥐도 새도 모르게 죽을 수 있어."

수사관의 말이 빈말이 아니었다. 세상과 완벽하게 차단된 정우의 처지로서는 얼마든지 일어날 수 있는 일이었다. 정우는 오금이 저린 듯 양손과 발을 오므렸다. 등골을 타고 소름이 돋았다.

멍하게 앉아 있는 정우의 눈 속으로 작은 물체 하나가 떨어졌다. 천정 부근 틈새 사이로 노랗게 물든 버드나무 잎사귀 하나가 날아들었다. 정우가 계엄군에게 체포된 후 처음으로 만져 보는 바깥세상이었다. 어디를 가나 갇힌 자의 물건 말고는 접할 수 없는 상황에서 버드나무 잎사귀 하나가 정우에게 날아들었던 것이다. 피폐할 대로 피폐한 정우의 마음속을 휘감고 입가에 작은 미소가 흘러나왔다. 피멍이 든 입술을 뚫고 나오는 미소라고 해 봤자 일그러진 미소겠지만 정우의 마음을 작은 버드나무 잎사귀 하나가 움직였다.

정우는 순간이지만 스쳐 가듯 희망을 품어 보았다. 세상과 소통할 수 있을 것이라는 희망, 무사히 살아서 나갈 수 있을 것이라는 희망, 언젠가는 저들 폭력집단을 처단하고 정우의 정당성을 회복하고 현재의 아픔을 치유할 수 있을 것이라는 희망을 품어 보았다.

비스듬하게 비쳐드는 바깥 햇살이 지하실의 공기를 뚫고 빗살처럼 지하실벽 쪽으로 스며들었다. 정우는 손을 뻗어 노랗게 물든 버드나무 잎을 햇살에 비쳐 보았다. 투명하게 투영되는 잎사귀 무늬를 따라 햇살이 샛노랗게 빛을 발하였다. 시간이 정지된 듯하였다. 그러다가 갑자기 햇살이 순식간에 사라져 버렸다. 지하실 공기가 어두침침해졌다. 저녁 햇살이 지하실 틈새에서 사라져 버린 것이다. 잠시였지만 꿈결처럼 다가온 희망이었다. 그 희망으로 정우의 마음속에 가냘프지만 결코 포기할 수 없는 삶에 대한 의지가 꿈틀거렸다.

정우는 어제 진술서에 지장을 찍고 15P 영창으로 저녁 늦게 돌아왔다. 오늘은 삼일공사로 불려가지 않았다. 정말 조사가 다 끝난 모양이다. 그러나 정우의 엉덩잇살은 아직 아물지 않았다. 엉덩이가 터진 곳에 피딱지가 넉지덕지 붙어 있어 아직 바로 앉지도 못하고 무릎을 꿇고 엎드린 자세로 있어야 했다. 그래도 더는 삼일공사로 불려가지 않게 된 정우는 편안한 마음으로 15P 영창에서 여유를 갖게 되었다.

다행히 15P 영창에서는 정우를 일반 수감자들과 달리 열외로 대접했다. K 헌병도 정우에게는 아무런 해를 가하지 않았다. 계엄포고령 위반이지만 대학생 신분으로 일반 잡범이 아니라 정치범으로 대우해 주었기 때문이다. 담요도 두 개 겹쳐 깔아 무릎을 받혀 주고 정우 옆에 있는 일반 수감자가 간간이 부축을 해 주는 등 수발을 해 주었다. 때때로 어디서 구했는지 비스켓류의 과자까지 챙겨 주는 옆 사람은 정우에게는 정말 고마운 사람이었다. 매일같이 매를 맞고 들어오는 정우를 보고 다른 수감자들은 애처로움과 함께 말없이 격려하는 마음을 갖고 있었던 모양이다.

영창 안에 대학생은 정우 혼자였다. 5·17 전국비상계엄령 확대 이후 체포된 대부분의 정치범들은 8월경까지 군사재판을 받고 고등군법이나 일반 교도소로 이감을 간 상태였기 때문이다. 재야인사와 대학생들에 대한 정치적 탄압이 한차례 휩쓸고 지나간 다음에 일반 국민을 대상으로 한 단속은 더욱 심해지고 있었다. 전두환은 얼마 전 8월 4일 계엄포고 13호를 발표하면서 불량배 일제검거라는 명목으로 전 국민을 공포 속으로 몰아넣고 있었다.

일반 국민에 대한 탄압은 그야말로 무소불위의 권력을 휘둘렀다. 잡범이라는 말 속에서도 나타나듯이 말 그대로 잡범이었다. 잡혀 온 사람들 중에는 이유도 모르고 잡혀 온 사람들이 많았다. 길을 가다가 불심검문에 걸려 문신 때문에 잡혀 온 경우는 이유라도 알지만, 술집에서 술을 마시다가 그냥 끌려온 사람들은 아무런 영문도 모른 채 어리둥절해하는 상태였다.

가족들과 연락도 할 수 없었다. 아마도 가족들은 실종신고를 하고 있을 것이다. 일단 한번 체포되면 순순히 석방되는 일은 거의 없었다. 죄가 없더라도 최소한 삼청교육대까지 끌려가 몇 달 동안 순화교육을 거쳐야만 석방될 수 있었다.

이런 수감자들 중에도 중범죄를 저지르고 잡혀 온 사람들이 있었다. 강도짓을 하거나 살인을 저질렀던 사람들이다. 20평 영창 안 30여 명의 수감자들 사이에서도 이들은 극명하게 대비되었다. 이들 중 군인 신분의 수감자들도 있었다. 대부분 상관을 총으로 쏘아 죽인 경우들이었다. 이들의 계급이 소위나 중위 등 장교들이라 하더라도 영창 안에서는 수감번호가 이름이었다. K 헌병은 하사인데도 이들에게 반말을 했다. 물론 모든 수감자들에게도 반말이었지만, 군인 장교 수감자들도 이러한 K 헌병의 말투를 당연한 듯이 받아들이는 것 같았다. 민

간인에게는 고등군법회의로의 항소심이 허용되었지만 비상계
엄령하에서의 군인은 1심 군사재판이 끝이었다. 1심형이 확정
되자마자 형이 집행되었다.

휴식

야간근무 담당은 B 헌병이었다. 근무교대는 저녁 식사 후에 하였다. B 헌병은 K 헌병과는 달리 조금 인간적인 면이 있었다. B 헌병은 자신에 대한 호칭을 'B 하사'로 부르게 하였다. 영창 수감자들은 'B 하사님'이라는 극존칭을 사용하면서 조금은 부드러운 분위기에 젖어들기도 하였다. 이러한 분위기는 K 헌병에게도 이어져 '하사님'이나 '담당님' 등의 호칭이 혼재되어 불렸지만 자연스럽게 의사소통이 이루어졌다.

15P 영창 안에서 저녁을 먹고 나면 햇살이 철문 창살 사이로 비스듬하게 비켜 가는 것이 보였다. 바깥은 아직 낮이지만 쇠창살에 묻혀 있는 영창은 어둠이 서서히 깃들어 왔다. 영철은 조금 전 비틀거리며 일어나 저녁 식사를 하고 제자리에 꼿꼿하게 앉아 있었다.

B 헌병이 한 시간 정도 자유 시간을 주었다.

"노래 일 발 장전!"

B 헌병이 소리를 지르자마자 뒷자리에 앉아 있던 중년 신사가 기다렸다는 듯이 흘러간 옛 노래를 구수하게 부르기 시

작했다. 굵직한 저음의 듣기 좋은 목소리였다. 모두 신나게 박수를 치며 중년 신사의 노래를 따라 불렀다. 15P 영창은 조금 전까지의 분위기와는 완전히 딴판이 되었나.

그러나 이들이 부르는 노랫소리는 정말 필사적이었다. 노래 한 곡을 다 부르고 나면 세상이 마치 끝나 버릴지도 모른다는 생각을 하는 것처럼, 다들 필사적으로 노래를 불렀다. 악을 쓰며 고래고래 소리를 질렀다. B 헌병은 영창 구석 의자에 무표정하게 앉아 눈을 지그시 감고 팔짱을 끼었다 풀었다 하면서 이러한 분위기를 즐기는 듯하였다.

수감자들은 어깨를 들썩이기도 하고 손뼉을 치기도 하면서 영창 안 분위기는 고조되었다. 그러나 그뿐이었다. 즐거운 모습이 아니었다. 노래를 하지만 소리를 지를 뿐이었다. 소리를 지르지만 악을 썼다. 악을 쓰는 얼굴에 표정이 없었다. 대오를 맞춰 앉아서 모두가 박수를 치고 흥겨워하지만 무미건조하다고나 할까, 무언가 왁자지껄하지만 알맹이가 빠진 듯한 분위기였다. 희로애락이 어우러지고 사람의 땀 냄새가 묻어나는 분위기가 아니었다. 건성으로, 하지만 이렇게라도 하지 않으면 미쳐 버릴 것 같은 심정으로 누군가에게 악을 쓰는 것 같았다.

한참이 지나자 B 헌병이 앞자리에 앉아 있는 30대 후반쯤 되어 보이는 사내를 불렀다.

"야, 57번! 한 곡 뽑아."

그 사내의 얼굴과 머리 모습이 특이하였다. 스님처럼 삭발을 하였는데, 정수리가 불룩하게 솟아 있어 머리 위에 머리가 하나 더 달려 있는 것처럼 보였다. 얼굴도 길쭉하고 코는 뭉툭하게 솟아 있었다. 최근 유행하는 만화에 나오는 도사처럼 생겼는데 무표정한 얼굴이지만 그 얼굴을 보는 사람들에게는 왠지 웃음을 자아내게 하는 얼굴이었다.

사내가 어기적거리며 일어나서는 주먹 쥔 손을 마이크처럼 앞으로 내밀었다.

"용두산아~ 용두산아~"

마치 확성기에서 울려 나오는 소리처럼 우렁찬 목소리였다. 그때까지 정우는 왁자지껄한 15P 영창 안의 소란을 곁눈질하며 무덤덤하게 앉아 있었다. 정우는 그 소란스러움이 약간 불만스러웠다. 흘러간 옛 노래도 그렇고, 박수를 치며 어깨를 들썩이는 몸짓이 갇힌 자의 처절한 몸부림처럼 보여 더더욱 싫었다.

그러다가 사내의 큰 목소리에 고개를 들었다. 저렇게 큰 목소리는 처음 듣는 것이었다. 구성지게 터져 나오는 사내의 목소리는 영창 안을 공명 상태로 만들고도 남을 정도였다. 사내의 목소리가 영창 안을 휘감아 돌자 모두가 조용해졌다. 노랫말을 따라 간간이 숨이 넘어갈 듯 끊어지면서 꺾이는 사내의 목소리가 사람의 애간장을 다 녹이는 듯하였다. 정우는 속으로 '이렇게 노래를 잘 부르는 사람도 있구나' 라며 새삼스럽게 그 사내를 올려다보았다.

B 헌병은 사내의 노래를 끝으로 영창 안 인원점검을 하고 자리 정돈을 하였다. 각자가 앉아 있던 마룻바닥을 걸레로 닦고 담요를 네모 반듯하게 정리하게 하였다. 조금 있으면 상급자에게 점호를 받고 순화방송을 듣고 취침에 들어가기 때문이다. 그러나 정우는 자리 정돈을 하지 않아도 되었다. 담요 두 장을 깔고 엉거주춤하게 두 무릎을 구부린 상태로 있는 정우를 B 헌병은 그대로 두었다. 엉덩이가 터져 아직 앉지도 못하고 나중에 엎드린 자세로 누워 자야 했기 때문이다.

깊은 밤 울음소리

얼마나 지났을까. 정우가 깜빡 잠이 들었던 모양이다. 퀴퀴한 담요 냄새가 영창 안을 가득 메우고 있었다. 희미한 백열등 불빛이 영창 안을 감돌았다.

"끄으으~"

숨을 죽이며 쥐어짜는 듯한 소리가 정우의 귓전을 스치며 흩어졌다. 잠결인 듯 정우는 몸을 뒤척이다가 다시 잠을 청했다.

"끅, 끄으~"

이번에는 확연하게 정우의 귀를 때리는 소리였다. 들릴 듯 말 듯 가냘픈 소리지만 숨이 넘어갈 듯한 사람의 목소리였다. 정우가 가만히 눈을 떠 보지만 수감자들의 숨소리만 들렸다.

저 멀리 마룻바닥 끝 구석에는 B 헌병이 의자에 앉아 졸고 있는 모습이 희미하게 보였다. 순간적으로 서늘한 기운이 정우의 목덜미를 맴돌며 지나갔다. 정우는 엎드린 채 살며시 영창 안을 둘러보았다. 희미한 백열등 불빛이 꺼질 것처럼 잦아들었다가 부스스 빛을 발하고 있었다. 정우의 눈에 비치는 영창 안이 끝도 없이 넓어 보였다. 정우는 커다란 운동장 만 한 대강당 귀퉁이에 홀로 누워 있는 느낌이 들었다. 다른 수감자들은 멀찌감치 떨어져 군데군데 담요를 덮고 누워 자 고 있었다.

"끄으으~, 끅끅."

울음소리였다. 쥐어짜는 듯한 울음소리가 분명했다. 울음을 참다가 참다가, 결국 참지 못하고 토해내는 소리를, 다시 한 번 목울대를 거머쥐고 참아 보려다 끝내 참지 못하고, 숨을 죽 이며 내는 울음소리였다. 듣는 사람이 숨이 막힐 지경이었다.

"흐윽, 흐으, 흐으."

이제는 분명하게 들렸다. 정우는 가만히 일어나 주위를 둘 러보았다. 아무런 움직임도 없었다. 모두가 조용하였다. 순간 백열등이 부스스 빛을 죽이며 영창 안을 깜빡 어둠으로 몰아 넣었다. 정우의 눈앞에 희미한 물체가 살랑 흔들리다가 순간 적으로 사라졌다. 영창 안 구석 쇠창살이 붙어 있는 벽면 모서 리 천정 부근이었다. 정우가 눈을 크게 뜨고 다시 한 번 쳐다 보았다. 희미하게 잦아드는 백열등 아래 천정 구석에는 아무 것도 없었다.

정우는 마음속으로 '내가 잘못 보았나?'라고 중얼거리며 다시 자리에 누웠다. 잠을 청하는 정우의 몸이 묵직하게 마룻 바닥을 짓눌렀다. 온몸이 나른해지면서 정우의 정신이 몽롱해 졌다. 정우는 무언가 자신을 짓누르는 기운 속에 또다시 들려오는 듯한 가느다란 울음소리가 귓전을 맴도는 가운데 깊은 잠 속으로 빠져들었다.

이날 이후로 정우는 깊은 밤, 선잠을 자는 듯 꿈속을 헤매는 듯 정신을 놓칠 때면 15P 영창 안 울음소리를 비몽사몽 간에 듣게 되었다.

정우는 일주일 동안의 조사를 마치고 난 다음부터 약 한 달 동안 15P 영창에 대기상태로 있게 되었다. 정우의 군사재판이 열리기까지 한 달 정도 기간이 걸리는 모양이었다. 조금씩 정우의 엉덩이가 아물고 비스듬하게나마 앉아 있게 되면서 정우는 옆자리에 있는 다른 수감자들과 말을 트게 되었다.

"그래도 지금은 많이 나아진 거야."

정우의 옆자리에서 정우를 부축하며 도와주던 사람이 말했다.

"여기 있는 사람은 사람이 아니야."

"개돼지보다 못하지."

뒤에서 옆 사람의 이야기를 듣던 나이 많은 사람이 한마디 거들었다. 정우의 옆에 있는 사람은 30대 정도의 나이에 바짝 야윈 사람이었다. 얼굴만 보면 시커멓게 그을린 듯하면서도 붉은 기가 돌아 한국 사람처럼 보이지 않을 정도였다.

"처음에 15P 운동장을 지나오는 데만 반나절이 걸렸어."

정우는 '무슨 이야긴가?'라는 생각을 하며 옆 사람의 이야기에 귀를 기울였다.

영창에서 가장 자유로운 시간은 저녁식사를 마치고 난 직후 잠깐 쉬는 시간이었다. 식사 후 뒷마무리 청소와 근무자의 교대시간이 겹치면서 잠깐 동안의 여유가 있었다. 이 시간에 수감자들은 마룻바닥에 정자세를 취하고는 있지만 서로 간에 이야기를 주고받거나 조금씩 자리를 오고가며 하루 동안 미뤄 놓았던 자신들의 일을 바쁘게 처리하였다. 정우도 모처럼 이들의 움직임에 동화되며 여유를 가지게 되었다.

"운동장 입구에서부터 몽둥이로 때리는데……."

"아, 그게 어디 때리는 겐가? 죽이겠다는 거지."

"죽도록 맞다가 운동장 가운데로 엉금엉금 기어서 모이면 거기서 또 때리는 거야."

"발길질과 주먹에 코피가 터지는 건 예사고, 부러진 이빨을 줍다가 또 터지고……."

조용조용 말하는 옆 사람과 뒷자리 나이 많은 사람의 목소리가 떨리며 들렸다.

양정 15P 헌병대는 부산 시내 중심가인 서면을 바로 옆에 두고 있는 양정동 도로변에 있었다. 15P 입구에는 커다란 철판 문이 시내도로변으로 나 있었다. 그 문을 열고 약간 경사진 길을 오르면 커다란 운동장이 있는데 이 운동장을 지나 오른쪽 끝자락에 15P 영창이 있었다. 15P 막사 입구 오르막 끝에서 운동장을 지나 15P 영창까지의 거리가 50미터쯤 되는데 이

길을 지나기가 그렇게 힘들었던 모양이다.

"다 왔다 싶으면 다시 온 데로 굴리는 거야."

"땅바닥을 기어서 왔제."

"그렇게 서너 번을 왔다 갔다 하면 반나절이 다 지나가 버려."

"한꺼번에 수십 명이 엉켜서 매를 맞다 보면 너 죽고 나 죽자는 심정으로 달려들고 싶은 맘이 생기기도 해."

"제길, 뒤에서 총부리를 들이대고 있는데 그게 가능하기나 한감?"

"말이 그렇다는 게지."

옆 사람과 뒷사람은 나이 차이가 많이 나는 것 같은데 그것이 문제가 되지 않는 모양이었다. 말투가 서로 반말인데도 별로 어색해하지 않았다.

"물고문에는 장사 없제."

"아니 그쪽이 물고문까지 당했는가?"

"재수가 없었제."

"웬 재수?"

"아, 하필 내가 살던 동네에 대학생이 있었는데 그 학생이 데모를 하다가 도망을 간 모양이야."

뒷자리 나이 많은 사람이 치를 떨며 덧붙여 말했다.

"내가 그 학생을 숨겨 주었다는 거야. 고향 떠나온 지 십 년도 넘었는데 말이야."

그러면서 정우 옆 사람에게 갑자기 생각난 듯 질문을 했다.

"그럼 댁은 무슨 죄로 잡혀 온 건가?"

"술 먹다 나랏님 욕을 좀 했지."

결국 뒷자리 나이 많은 사람은 주소지가 같은 수배 중인 대학생 때문에 추궁을 당하게 되었고 물고문을 당했다는 거였다. 자신의 무용담처럼 늘어놓는 물고문의 내용은 이러했다.

물고문을 하기 위해서는 사람을 꽁꽁 묶어야 해. 손목과 발목을 묶고 무릎을 굽혀 묶인 손목 안쪽으로 끼우면 양팔 사이로 무르팍이 톡 튀어나오지? 그 튀어나온 무릎 안쪽에 경찰봉을 끼워서 들어 올리면 꼼짝달싹도 할 수 없는 통닭 신세가 되는 거야.

무릎 안쪽으로 끼인 경찰봉 때문에 다리 안쪽 근육이 밀리며 온몸의 하중을 받아 고통은 이루 말할 수가 없는 것이지. 거기다가 경찰봉 양끝을 책상 사이에 걸쳐 놓고 매달린 사람을 그네처럼 흔들거나 빙빙 돌리면 정신이 하나도 없어. 그러는 중에 통닭처럼 매달려 있는 모습은 머리가 거꾸로 서면서 하늘로 향해 입과 코가 벌어져 있는 상태이기 때문에 얼굴에 젖은 수건을 덮어씌우고 물을 부으면 항우장사라고 해도 버티기가 힘들어.

젖은 물수건 때문에 공기가 통하지 않는 상태에서 물을 부으면 '꺽꺽'거리며 숨을 들이마시듯이 그 물은 고스란히 목구멍 기도로 들어가지. 그 고통은 죽음 그 자체야. 숨을 쉬지 못한다는 것만 해도 죽을 고통인데 거기다가 공기 대신 물을 들이마시게 되면 급기야 폐가 난도질당하는 느낌이 들면서 토하게 되지. 차라리 토하면서 정신을 잃어버리는 것이 살아나는 방법이 되는 거야.

정우는 뒷자리 나이 많은 사람의 이야기를 들으며 자신이 그동안 당했던 폭행은 그래도 나은 편이라는 생각이 들었다. 아마도 뒤늦게 잡힌 것이 다행이었던 셈이다.

"그래서 어떻게 되었나?"

"알면 벌써 불었지. 죽다가 살아났제."

두 사람의 이야기를 들으며, 이러한 사람들이 당하는 고통에 대해서 아무것도 할 수 없는 현실이 정우의 가슴을 아프게 찔렀다. 물론 정우 자신의 몸뚱이 하나 간수하기도 힘들지만 말이다.

정우의 옆으로는 수감자들이 앉아 있는데, 항상 맨 앞줄에 무표정하게 앉아 있는 군인 한 명이 있었다.

"저 사람은 사형수야."

옆에 있는 사람이 속삭이듯이 정우의 귀에 대고 말했다.

"신병인데, 훈련소를 마치고 부대로 배치되자마자 자기 상관을 쏴 죽였대."

영창 마룻바닥 맨 앞줄 정중앙에 앉아 있는 군인의 눈망울은 초점이 없었다. 무표정한 얼굴에 멍한 눈망울은 이미 혼을 놓친 사람처럼 보였다.

"얼마 전 사형선고를 받고 이감을 왔는데 얼마 못 갈 거야."

단정 짓듯이 말하는 옆 사람의 말투가 떨리며 들렸다.

군사재판은 형선고를 받으면 관할 사령관의 형확정서가 내려왔다. 일종의 형집행 명령서였다. 비상계엄하에서의 군사재판은 단심으로 끝나지만 사형의 경우는 상급심까지 진행되었다. 그렇다면 저 군인은 꽤 오랫동안 영창에 갇혀 있었을 것이라는 생각에 정우는 관심을 가지고 바라보았다. 상급심까지 마친 사형수 군인이 왜 이곳 15P 영창으로 이감을 왔는지 정우로서는 알 수 없는 일이었지만 말이다.

물론 사형집행을 위해서는 국방부장관이나 법무부장관의 승인이 있어야 할 테지만 지금 이 영창에서 그런 것까지 고려해서 판단하거나 예단할 상황은 아니었다. 그렇다고 무슨 특별한 정보가 있는 것도 아니기에 그냥 두려운 마음에 비밀스럽게 주고받는 수감자들 사이의 이야기일 뿐이었다. 그러나 전두환 군사정권이 자신의 권력을 유지하기 위한 방편으로 무슨 일이든지 저지를 수 있다는 것을 전제한다면 이들의 속삭임이 결코 허투루 하는 이야기는 아닐 것이라는 생각이 들었다.

속삭이듯 작은 소리로 말하는 옆 사람의 목소리에 두려움이 묻어 있었다. 죽음에 대한 공포라기보다는 죽이는 자에 대한 공포랄까, 자신도 죽임을 당하지나 않을까 하는 두려움이 정우에게 느껴졌다.

"나쁜 놈들!"

숨을 죽이며 쇳소리 같은 목소리로 말하는 옆 사람의 입술이 씰룩거렸다. 갑작스런 욕지거리에, '누구를 욕하는 거지?' 하며 정우는 주위를 둘러보았다.

"저렇게 젊은 사람을 재판도 제대로 하지 않고 총살하는 법이 어디 있는가?"

조금 전에 말했던 '나쁜 놈들'이라는 욕지거리는 사형수 군인에게 하는 말이 아니었던 모양이다.

"사람을 죽였다고 해도 이유가 있을 거 아냐?"

분노의 목소리였다. 정우에게 속삭이듯 말하는 옆 사람의 목소리가 정우의 가슴을 때렸다. 두려움 속에 억눌려 있는 분노의 감정이 정우에게 느껴졌다. 그러나 불가항력의 상황에서, 도저히 어찌할 수 없는 무력감이 옆 사람의 분노를 삭이며 정우의 이성을 자극했다.

불가항력, 무력감이라는 단어가 이성이라는 단어와 이렇게 절묘하게 결합할 수 있다는 것이 신기할 정도였다. 정우는 옆의 사내는 분노라도 느끼며 자신의 생각을 표현하는데, 자신은 그 분노조차 이성으로 삭이며 벙어리가 되어 가는 것에 절망감을 느꼈다.

그 절망감 속에 정우는 새삼스럽게 앞에 앉은 군인을 다시 바라보았다. 짧은 스포츠머리를 하고 앉아 있는 군인의 등허리가 꼿꼿하였다. 초점을 잃은 듯한 눈망울이지만 꼿꼿하게 앉아 있는 모습이 당당해 보였다. 조금 전 혼을 놓친 사람처럼 보였던 군인의 모습이 아니었다. 최소한의 인간의 자존감이라고 할까, 상대가 나를 힘으로 제압한다고 하더라도 나 자신에 대한 나의 존중은 아무도 방해하거나 침범할 수 없다는 자존감이 느껴졌다. 이 순간에 저 군인에게서 그 자존감이 느껴지는 것은 왜일까.

B 하사의 침묵

B 하사는 귓가를 스치듯 지나가는 서늘한 기운에 선잠을 깨며 눈을 떴다. 영창 마룻바닥 중앙에 영철이 일어나 멍하게 앉아 있었다.

서너 달 전에, B 하사는 15P 영창으로 근무지를 배정받았다. B 하사는 15P 영창 근무가 처음이었다. 그리고 얼마 지나지 않아 영철이 15P 영창으로 잡혀 왔는데 성격이 매우 싹싹한 아이였다.

"안녕하세요?"

B 하사를 처음 만난 날 영철은 B 하사에게 밝은 목소리로 인사를 하였다.

"어? 그래."

B 하사는 영철의 인사를 받고 엉겁결에 답례를 하였다. 영철은 소년티를 막 벗어난 것처럼 어려 보였다. B 하사는 저렇게 어린애가 왜 이곳으로 잡혀 왔을까라는 생각을 하면서도 죄수에 대한 감성적인 접촉은 금지하고 있기 때문에 더 이상의 관심을 보이지 않았다. 영철은 15P 영창 안에서 가장 나이

가 어리고 붙임성이 있어 다른 수감자들에게 귀여움을 받았다. B 하사도 이런 영철을 가만히 지켜보며 눈에 보이지 않는 배려를 해 주곤 했다.

"영철아, 바닥 청소해야지."

"예-옛!"

B 하사의 말에 영철은 앉아 있던 마룻바닥에서 용수철처럼 튀어 일어나며 영창복도 구석에 있는 청소도구를 챙겨 달려나왔다.

영창의 마룻바닥과 벽을 사이에 두고 B 하사가 왔다 갔다 하는 시멘트 복도는 항상 먼지와 흙이 뒤범벅이 되어 있어 매일매일 청소를 해야 했다. B 하사는 이곳 청소를 영철에게 맡겼다. 마룻바닥에 꼿꼿하게 앉아 있어야 하는 저녁시간은 영창 수감자들에게 힘든 시간이었다. 등허리를 꼿꼿하게 세우고 두세 시간 동안 앉아 있다 보면 골반 엉치뼈 위로 허리가 뻐근하게 아파왔다. 이때쯤 B 하사는 영철을 불러 복도 바닥 청소를 시켰던 것이다. 영철은 이 시간이 되면 신이 났다. 좁은 영창 안이지만 복도를 왔다 갔다 하며 다른 수감자들과 소곤거리며 이야기도 하고 자신은 운동 삼아 허리를 펴며 청소를 할 수 있었기 때문이다. B 하사는 이런 영철을 못 본 척하며 영창 구석 의자에 앉아 책을 읽곤 하였다.

"흐으, 흑."

영철의 울음소리가 가늘게 들려왔다.

막 선잠을 깬 B 하사는 어질한 느낌이 들어 의자에 앉은 채로 영철을 바라보았다. 흐릿한 백열등 불빛이 앉아 있는 영철의 머리 바로 위에서 아래로 비추고 있었다. 그 백열등 불빛에 영철의 까만 머리털이 반사되며 더욱 짙은 검은색으로 빛을 내었다. 숙인 고개를 타고 흐르는 불빛은 목으로 내려와 어깨 부위에서 커다란 그늘을 만들며 영철의 어깨 아래 몸뚱이를 시커멓게 가리고 있었다. 고요했다. 적막감이 감도는 영창 안 구석에서 B 하사는 이러한 영철의 모습이 왠지 멀리 느껴졌다. 아득히 멀리 영철이 가만히 앉아 있는 것처럼 보였다. B 하사는 귀를 기울이며 영철의 울음소리를 다시 듣고자 하였다.

"……."

울음소리가 들리지 않았다.

'내가 잘못 들었나?' B 하사는 의자에서 일어나 영철에게 다가갔다. 고개를 숙이고 있는 영철은 B 하사가 자신의 옆에까지 다가와 서 있는 것을 아는지 모르는지 앉은 채로 잠이 든 듯 가만히 있었다.

"자리에 누워!"

B 하사가 나지막하지만 위엄 있게 말했다. 하지만 영철은 잠을 자는 듯 가만히 앉아 있었다. B 하사가 손에 들고 있던 지휘봉으로 영철의 턱을 추켜올렸다.

"흐읍!"

B 하사가 속으로 살짝 놀라며 영철을 바라보았다. 영철의 두 눈이 눈물로 범벅이 되어 있었다. 벌겋게 달아오른 영철의 두 눈은 초점이 없어진 듯 멍하니 B 하사를 쳐다보았다. 영철은 아무 말이 없었다. 그리고는 영철은 스르르 자리에 누웠다.

"흐흑, 무서워."

들릴 듯 말 듯 영철은 흐느끼며 온몸을 떨었다. 영철의 흐느낌을 바라보며 B 하사는 며칠 전에 일어난 일을 떠올렸다.

수감자 중 중년 남자가 있었다.

"야, 이 새끼들아! 나 아무 죄도 없어! 집에 보내달란 말이야!"

저녁식사를 마치고 잠시 쉬면서 근무교대를 하는 사이, 중년 남자가 큰소리로 외치며 영창철문 쪽으로 쏜살같이 달려나왔다.

"쿠당탕!"

중년 남자가 영창철문 창살을 두 손으로 힘껏 밀치며 영창 밖으로 달려나갔다. 잠시 근무교대를 하는 사이, 제지할 틈도 없이 열려 있던 영창철문을 밀치고 중년 남자가 뛰어나가고 말았던 것이다.

"어? 저 새끼 잡아!"

K 하사가 소리를 지르며 중년 남자를 뒤쫓았다.

"삐익-"

K 하사의 비상호각소리가 15P 막사 운동장을 날카롭게 울

려 퍼졌다.

"탕탕!"

총성이 울렸다. 15P 영창을 지키고 있던 담장 벽 경비 망루에서 울리는 총소리였다. 운동장 중간쯤으로 달려나가던 중년 남자가 앞으로 고꾸라지며 쓰러졌다. 쓰러진 중년 남자는 가슴과 다리에 총상을 입고 그대로 혼절하였다.

중년 남자는 항상 영창 안 중앙 마룻바닥에 꼿꼿하게 앉아 조용하게 지내던 사람이었다. 그 중년 남자 바로 옆이 영철의 자리였다. 영철은 15P 영창에 잡혀 들어올 때부터 의지할 데 없는 자신의 처지를 측은해하며 감싸 주는 중년 남자가 마음에 들었다. 이것저것 이야기도 나누며 만난 지 며칠도 안 되어 서로 마음이 통했는지 피붙이처럼 가깝게 지냈다. 그러나 중년 남자는 영철이 더 이상 가까이 할 수 있는 여지를 만들어 주지는 않았다. 간간이 깊은 한숨을 쉬며 바깥 사회에 있는 자신의 아들을 걱정하며 멍하게 정신을 놓을 때면, 바로 옆에 영철이 있다는 사실조차 잊어버린 듯, 영철에게는 중년 남자가 낯설게 느껴졌다.

"잘 지내야 할 텐데."

한숨을 쉬며 중년 남자는 혼잣말을 하곤 하였다.

간혹 자신의 이야기를 조금씩 풀어놓은 것을 종합해 보면, 어려운 가정형편에 영철이 또래의 아들이 한 명 있었고, 부인과는 이혼한 상태에서 아들과 생활해 왔다고 하였다. 중년 남자는 공사판을 전전하며 그날그날 힘든 생활을 해 왔다고 했다. 그러다가 중년 남자가 잡혀 온 날은, 자신이 다니던 공사판에서 낮술을 조금 하고 취한 정신에 그동안의 감정이 폭발하여 주변 동료들과 패싸움을 벌이는 바람에, 그 길로 경찰에 연행되어 15P 영창으로 잡혀 왔다는 것이다. 그날 이후로 중년 남자는 아들의 소식을 몰랐다. 물론 아들도 자신의 아버지가 어디로 잡혀갔는지 모를 것이다. 이러한 상황이 중년 남자를 못 견디게 했던 것이다. 영철 또한 중년 남자에게는 자신의 아들을 반추하는 정도에서 애틋한 마음을 달래는 정도였을 것이다.

총소리가 나자마자 영철은 영창 철문 창살 앞으로 달려나왔다. 창살 사이로 쓰러진 중년 남자를 바라본 영철은 한동안 말이 없었다. 중년 남자는 분주하게 움직이는 15P 영창의 헌병들에 의해 어디론가 실려가 버렸다. 중년 남자가 쓰러졌던 곳에는 피가 흥건하게 젖어 있었다. 아마도 거의 생명을 잃을 정도의 상처를 입었을 것이다. 영철은 중년 남자가 실려 간 이후, 말이 없어졌다.

15P 영창은 더욱 고요해졌다. 반면에 K 하사의 영창 규율은 더욱 무서워졌다. B 하사 역시 깐깐한 규율을 적용하며 15P 영창의 분위기는 한동안 긴장감이 감돌았다.

"부스럭."

B 하사는 중년 남자의 사건이 일어난 이후, 영철이 밤마다 이상한 행동을 보이는 것에 신경이 쓰였다. 오늘도 영철은 비몽사몽인 듯 자리에서 일어나 앉았다.

"으흐흐흑, 흑."

분명히 울음소리였지만, 들릴 듯 말 듯 희미한 소리였다. B 하사는 귀를 기울여 보지만 더 이상 울음소리는 들려오지 않았다.

"흐으, 흐으."

그리고 다시 들릴 듯한 울음소리! B 하사가 도저히 참을 수 없어 영철에게 다가가면 영철은 앉은 채로 잠을 자고 있었다.

'이것이 무슨 조화인가?'

B 하사는 밤마다 반복되는 영철의 이상한 행동과 그로부터 일어나는 듯한 자신의 환청 사이에서 등골이 오싹하는 긴장감을 느꼈다. B 하사는 15P 영창으로 근무지를 배정받은 첫날부터 15P 영창을 감싸고도는 이상한 분위기를 느꼈다. 영창 안은 음습하였다. 때때로, 깊은 밤 숨소리조차 들리지 않을 정도의 적막감이 감도는 순간이 있었다. 그럴 경우 영창 안에는 마룻바닥이 꺼질 듯한 무거운 기운이 감돌았다.

하기야 15P 영창이 정상적인 공간일 수는 없었다. 사회에서 가장 소외된 자들만이 모이는 곳, 그것도 인생의 마지막 종착점이라고 할 수 있는 극단적인 상황 속으로, 자신의 의지와는 무관하게 타인에 의해 강제되는 공간이 이곳 영창이었다. 그 공간 속에 사람들이 갇혀 있었고, 그 사람들은 죄수였다. 그 죄수들이 잡혀 온 이유는 갖가지였지만 영창에 갇히는 순간, 모든 죄수들은 똑같이 취급되었다. 정해진 규율 범위 내에서만 죄수들은 사람으로 취급되었다. 그것도 최소한의 조건 내에서만 말이다.

허기를 해소할 정도의 음식과, 타인에게 불쾌감을 주지 않을 정도의 청결 속에 죄수들의 얼굴은 누렇게 변해 갔다. 더군다나 깊은 밤 흐릿한 백열등 불빛에 비친 수감자들의 자는 모습은 섬뜩한 분위기를 만들어 내곤 하였다. 숨소리조차 들리지 않을 정도로 적막한 밤이면 15P 영창 안 수감자들의 자는 모습은 시체들이 누워 있는 느낌이 들 정도였다.

B 하사의 이런 느낌은 그동안 15P 영창에서 일어난 일들로 인해 더욱 증폭되었다.

"아마 십여 명은 죽어 나갔지?"

"웬걸, 그보다 많을 걸."

"사람 목숨이 파리 목숨이야."

"그러게 말이야."

15P 헌병대 동료들 사이에서 간혹 나누는 이야기들 속에 B 하사는 15P 영창이 죽음의 공간이라는 것을 알게 되었다. 영창에서 죽어 나가는 사람은 자살이 많았다.

어느 날 만신창이가 된 60대 노인이 잡혀 왔다고 했다. 정신을 놓친 듯 횡설수설하기도 하고, 온몸은 멍이 들고 옷도 찢어진 상태였다. 그 노인은 "내가 죽어야지. 암 죽어야지" 하고 혼자서 중얼거리며 영창 마룻바닥 구석에 쪼그리고 앉아 움직일 줄을 몰랐다. 그렇게 꼬박 밤을 지새우고 이른 새벽, 그 노인은 영창 천정에 목을 맨 채 숨져 있었다는 것이다.

이상한 것은 그 노인이 천정으로 어떻게 올라가 목을 매었는지, 목을 맨 줄을 어떻게 만들었는지, 노인이 목을 매기까지 걸리는 시간이 그렇게 짧지만은 않았을 것인데 그 좁은 영창 안에서 어떻게 아무도 몰랐는지 등 아무것도 설명할 수 없다는 것이었다.

물론 목을 맨 줄은 윗옷과 속옷가지를 엉성하게 묶은 것이었고, 영창 안 천정에는 둥그런 쇠기둥이 박혀 있어, 쇠기둥을 잡을 힘만 있다면 양손으로 잡고 거꾸로 미끄럼을 타듯이 올라가면 가능한 일이기는 했다. 그러나 60대 노인이 그러한 일을 하기에는 무리라는 것은 누구라도 알 수 있는 일이었다.

이런 일이 있고 난 후부터 15P 영창 안에서는 귀신이 있다는 수군거림이 일어났다. 죽음의 귀신이 있어 스스로 죽고자 하는 사람에게는 귀신이 도와준다는 말이 나돌았다. B 하사는 최근 영철의 행동에 더욱 긴장을 하였다. 말도 안 되는 수군거림이지만 B 하사는 자신도 모르는 사이에 점점 15P 영창의 묘한 분위기에 젖어드는 느낌을 지울 수가 없었다. 얼마 전 일어난 중년 남자의 행동과 그날 이후 영철의 이상한 행동이 이전부터 이어져 오는 15P 영창의 음습한 분위기와 전혀 무관할 수만은 없다는 생각이, B 하사의 머리를 더욱 무겁게 짓눌러 왔다.

'이 세상에는 예기치 못한 일들이 일어나기도 하지. 뻔히 알면서도 당하거나 말리지 못하고 바라만 볼 수밖에 없는 일들이 일어나기도 해. 특히 15P 영창처럼 수없이 많은 사람들이 거쳐 가면서 남기는 애환은 알게 모르게 주위 사람들을 그 애환 속으로 젖어들게 하겠지. 15P 영창 안의 음습한 분위기 역시 이러한 상황과 무관하지 않을 것이고.'

15P 영창의 밤이 반복될수록 B 하사는 15P 영창의 묘한 분위기에 젖어들었다. 그럴수록 B 하사는 긴장감을 늦출 수가 없었다.

"취침!"

B 하사의 밤은 매우 길었다.

"으흐흑, 흑."

그리고 울음소리는 반복되었다. 그러나 이제 그 울음소리는 영철의 울음소리가 아니었다. B 하사는 영창의 구석진 곳에서 밤이면 더욱 넓게 보이는 영창의 마룻바닥을 바라보며 오히려 무언가를 기다리는 버릇이 생겼다.

"스르르."

밤이 깊어 가고 백열등 불빛이 뿌옇게 변해 가면 스산한 기운이 일어났다.

"하아, 하아."

숨이 막힌 듯 힘겹게 내쉬는 숨소리가 들려왔다.

"부스럭."

어김없이 영철이 일어나 앉았다. B 하사는 가만히 귀를 기울였다.

"흑흑."

울음소리였다. 그러나 이 울음소리는 영철의 울음소리가 아니었다. B 하사는 지난번 영철의 눈물로 범벅이 된 얼굴을 본 이후로, 영철은 소리 내어 울지 않는다는 것을 알았다. 영철은 소리 내어 우는 것이 아니라, 어딘가에서 들려오는 그 울음소리에, 주체할 수조차 없을 정도로 눈물을 흘리고 있었던 것이다.

지독한 슬픔이었다. 누구도 위로할 수 없는 슬픈 얼굴, 살아 있는 한 절대로 떨쳐낼 수 없을 것 같은 슬픈 얼굴이었다. B 하사는 이러한 영철을 바라보며 가슴속을 울럭하며 지나가는 찌릿한 느낌이 들었다.

B 하사는 눈을 감았다. 긴 기다림과 그 기다림 끝에 들려오는 울음소리 사이에서 B 하사는 처음에는 혼란스러웠다. 울음소리는 B 하사의 환청일 수도 있었고 실제 밤마다 일어나 앉는 영철의 울음소리일 수도 있었다. 그러나 B 하사는 이제 더 이상 이러한 의문을 가지지 않게 되었다. 밤이 반복되면서 B 하사는 자신이 모르는 무언가 다른 것이 15P 영창 안을 떠돈다는 느낌이 들었다. 자기가 주관하는 것이 아니라 무언가 다

른 것이 있어서 영창을 움직인다는 생각 같은 것이다.

그러나 이러한 느낌은 누구에게도 이야기할 수 있는 것이 아니었다. 특히 동료 헌병들에게는 씨알도 먹히지 않을 일이었다. B 하사는 점점 말이 없어졌다.

죽은 자와 산 자

　정우는 오랜만에 깊은 잠을 잔 듯 가뿐한 몸으로 아침에 잠을 깨었다. 그것도 잠시, 영창 안이 잠깐 술렁했다. 그리고는 아무도 말이 없었다. 어제저녁까지 앉아 있던 군인의 자리가 비어 있었던 것이다. 정우의 가슴이 철렁하며 서늘하게 가라앉았다.

　영창 안이 조용해졌다. 아니 조용해졌다기보다 무언가에 짓눌린 듯한 강요된 침묵이랄까, 그것도 남에 의해서가 아니라 스스로가 자신을 짓누르는 침묵, 가학이었다. 참혹한 가학 속에 스스로를 가두어 버린 자들이 집단화되어 앉아 숨소리조차 내지 않았다. 갇힌 자들의 지독한 몸부림이 정우의 살갗을 파고들어 소름이 돋게 하였다. 아무것도 할 수 없는 상황 속에 무언가를 하지 않고는 안 되겠다는 생각이 일어날 때, 사람은 미쳐 버린다고 했다.

　아마도 새벽에 군인에 대한 총살형이 집행되었는가 보다. 아니면 군인이 다른 장소로 이감을 갔을 수도 있으나, 그동안의 정황으로 보아 이곳 15P 영창 수감자들에게 그 군인이 보이지 않는다는 것은 사형집행을 의미하는 것이었다.

"씨발, 어제저녁에 고깃국이 나오더니만."

정우의 옆에 있는 사람이 혼자 중얼거렸다. 보통 사형을 당하기 전날 수형자를 위로하기 위하여 고깃국을 제공한다는 소문이 있는데, 옆 사람이 이러한 소문을 떠올린 모양이다. 마침 어제저녁에 희멀건 국이었지만 고깃덩이가 두세 점 국물 위에 둥둥 떠 있었던 기억이 되살아났다. 정우와 영창 수감자들은 오랜만에 그 국물을 맛있게 먹었다.

평소에 15P 영창 안에서는 사형집행장소가 어디인가를 놓고 수군대곤 하였다. 15P 막사 어딘가에 사형집행장소가 있다는 말도 있고, 다른 곳으로 호송해서 집행한다는 소문도 있었지만 실제 장소는 아무도 몰랐다. 물론 K 하사나 B 하사에게 물어볼 수도 없고 물어본다고 하더라도 알려 줄 리가 만무하였다.

"엉엉!"

영창 구석에서 침묵을 깨고 울음소리가 들렸다. 영철이었다. 영철은 절도범으로 잡혀 왔다고 했는데 나이는 18세 정도로 본인도 자신의 나이를 잘 몰랐다. 어릴 때부터 길거리를 헤매며 절도 행각을 일삼다가 교도소를 들락거렸던 모양이다.

"흐윽, 흑흑"

영철은 울음을 멈출 수가 없었다. 자신도 모르게 계속되는 가슴속의 흐느낌은 하염없는 눈물을 만들어 내었다. 영철은 겁이 났다. 서늘해지는 등줄기를 따라 소름이 돋았다. 영철은 그 소름을 느끼며 으스스하게 전해져 오는 차가운 기운에 추위를 타듯 온몸을 떨었다.

"엄니, 나 무서워. 정말 죽을 것 같아."

혼잣말처럼 중얼거리는 영철의 목소리가 애처로웠다. 막힌 숨을 억지로 내뱉듯 하악거리며 영철은 고개를 숙였다. 자신의 가슴을 부여잡으며 영철은 고통스러워했다. 영철은 그런 와중에서도 무언가를 바라보는 듯 숙인 고개를 옆으로 젖히며 초점 없는 눈길을 흘깃했다. 눈빛이 날카로웠다. 순간적으로 지나가는 영철의 눈빛이 허공으로 흩어졌다. 영철은 죽음을 보는 듯했다. 그 죽음은 15P 영창을 거쳐 간 사람들의 것일 수도 있었고 영철 자신일 수도 있었다. 영철의 흐느낌이 한동안 계속되었다.

K 하사도 오늘은 영철을 내버려 두었다. 영철의 울음이 죽음에 대한 두려움이라는 것과 그 두려움은 인간의 본능으로, 괜한 트집을 잡아 보아야 아무런 소용이 없다는 것을 K 하사는 잘 알고 있었다.

한편, K 하사는 이런 상황을 접할 때마다 순간적이지만 지겨움을 느꼈다. 그 지겨움은 K 하사에게는 견디기 힘들 정도로 긴 시간을 요구하는 것이기도 하였다. 그러나 실제 영철의 흐느낌은 오래가지 않았다. 이른 아침시간 두려움에 떠는 영철의 흐느낌은 기상을 해서 식사를 준비하기 직전까지일 수밖에 없었다. 그럼에도 K 하사에게는 그 시간이 견디기 힘들 정도로 긴 시간이었다. 자신이 통제하지 못하는 상황을 K 하사는 용납하기가 어려웠다. 15P 영창에서의 K 하사의 존재는 절대적인 지위를 갖는 거였고, 그것은 15P 영창 안에서 어느 누구도 부정할 수 없는 것이었다. 그러므로 15P 영창 안에서 일어나는 모든 상황은 K 하사의 주관하에 이루어져야 하는 것이다. 그러나 지금처럼 계속되는 영철의 울음소리는 K 하사의 의지와는 무관한 것이었다. 영철의 울음은 K 하사도 어찌할 수 없는 것이었다.

영창 수감자들의 일상은 단순하였다. 아침식사를 하고 15P 막사 운동장에서 잠시 운동 삼아 담요를 털고 점심식사를 하고 오후에 다시 운동을 하고 저녁식사를 했다. 매일매일 K 하사가 자기 마음대로 운동 순서를 짜기 때문에 수감자들은 자기 운동시간만 모를 뿐이었다. 오늘은 하루 종일 누구도 말이 없었다. 그저 정해진 규칙대로 기계적으로 움직일 뿐이었다. 정말 음산한 하루였다.

정우는 뒤늦게 알았지만, 군사재판이 열리는 날 저녁이면 영창 안은 간혹 적막감이 돌 정도로 조용할 때가 있었다. 재판을 마친 수감자들은 며칠 내로 어디론가 이감을 갔다. 그중에서 군인들의 경우 10여 일 정도가 지나면 확정서가 전달되는데, 군사재판을 관할하는 지역사령관의 형확정서였다. 군인의 경우 마지막 재판이 되는 셈이었다.

　민간인은 군법이라고 하더라도 3심까지 허용되었다. 그러나 대부분의 경우 계엄포고령에 의해 삼청교육대까지 마쳐야 석방이 되었다. 이 기간이 약 10개월 정도였다. 일단 연행이 되면 아무리 죄가 없다고 강변을 하여도, 심사나 재판과정에 2개월여가 걸리고 그후 삼청교육대로 넘어가면 8개월 동안 순화교육과 강제노역 등을 거치는 데 10개월이라는 시간이 걸리는 거였다.

　이 시기에 이렇게 연행된 사람들이 약 6만여 명에 달하였고 이중 3천여 명이 구속되었고 4만여 명이 삼청교육대로 넘겨졌다. 이후 정부공식통계에서도 이들 중 3천여 명이 불구가 되거나 사망을 하였다고 발표하고 있었다. 1980년! 국민주권이 상실된 시기! 박정희가 죽고 나서 최규하 국무총리가 대통령 직무대행 역할을 하고 있었지만 국민이 뽑은 대통령이 아니었다. 전두환 보안사령관이 실질적으로 정부권력을 장악한 상태에서 최규하 대통령 직무대행은 꼭두각시일 뿐이라는 것은 일반 국민도 잘 알고 있었다. 최규하 대통령을 강제로 퇴임시키고 유신헌법을 그대로 적용한 체육관 선거를 통해 대통령에 당선된 전두환은 　일사천리로 자신의 야욕을 실현해 나갔다. 군인들이 무소불위의 권력을 휘두르는 나라에서 국민의 권리는 없었다.

그날 밤 정우는 소름끼치는 울음소리를 듣게 되었다. 깊은 밤, 나지막한 울음소리가 정우의 귓속을 파고들었다.

"으흐흐흑."

나른한 잠결 속으로 빠져들락 말락 할 찰나, 정우의 온몸을 더듬듯이 울려오는 울음소리에 정우는 정신이 번쩍 들었다.

"끄으으윽, 흑흑."

어디서 나는 소릴까? 정우는 가만히 고개를 들어 주위를 살펴보았다. 아무런 기척도 없었다. B 하사는 영창 구석 의자에 비스듬히 앉아 두 다리를 마룻바닥으로 올려 꼬아 졸고 있었다. 희미한 백열등 불빛이 밤안개처럼 영창 안을 어둡게 비추고 있었다.

"흐으으, 흑흑."

이제는 의심할 여지도 없이, 정우의 귀를 때리는 울음소리가 지척에서 들렸다. 아니, 울음소리가 들리는 것이 아니었다. 정우가 울음소리를 듣는 것이 아니라 울음소리가 정우의 귀를 끌어당기듯 정우의 정신을 어디론가 데려가는 듯하였다.

깊은 땅속에서 울려오는 듯 울음소리는 스산한 여운을 이어 갔다. 그 여운은 애절한 울음소리를 길게 늘어뜨리며 끊어질 듯 계속되었다. 그 울음소리를 따라 정우의 마음이 서서히 달아올랐다. 따뜻한 기운이 정우의 몸속으로 밀려 올라오며 긴장이 풀어지는 듯하였다.

"끅끅!"

순간, 정우는 가슴이 울컥 막히는 느낌이 들었다. 자신도 모르게 목이 미어지고 두 눈에 안개가 긴 듯 눈물이 번져 나왔다. 슬픈 울음소리, 슬프지 않은 울음소리가 어디 있겠느냐마는 이처럼 슬픈 울음소리를 정우는 들어본 적이 없었다. 울컥 막힌 정우의 가슴이 갈기갈기 찢어지는 듯했다. 이보다 더한 슬픔이 없을 것 같은, 사람의 애간장을 모두 녹여 버릴 것 같은 울음소리가 계속해서 이어졌다.

　애틋한 사랑의 정을 나눈 한 여인의 마지막 숨결을 가슴에 안고 떠나 보내는 사내의 애절한 울음보다 더한, 눈에 넣어도 아프지 않을 핏덩어리 혈육을 어이없게 잃어버린 부모의 피울음보다 더한 울음소리가 끊일 듯 말 듯 이어졌다. 그 슬픈 울음소리 사이로 가느다란 숨소리가 환청처럼 들려왔다.

　'살려주오. 살려주오.'

　환각인 듯, 들릴 듯 말 듯 들려오는 낮은 곡소리였다.

　'이내 목숨 좀 살려주오.'

　정우의 애간장을 다 녹여 버릴 것 같았다.

　'젊디젊은 이내 청춘 원통해서 못 가겠소.'

　정우는 가슴이 아프게 끓어올랐다. 아파서 가슴이 터져 버릴 것 같았다.

　'애고 애고 우리 엄니 불쌍해서 어쩔거나. '

　숨을 못 쉴 정도였다.

　'못난 아들 저승길에 우리 엄니 인사도 못 드리고'

간신히 어깨를 추슬러 숨을 내쉬는 정우의 숨소리가 가팔랐다.

'먼저 가오. 먼저 가오. 먼-저 가오. 먼저 가-오.'

한숨소리처럼 잦아드는 가느다란 울음소리가 서서히 멀어져 갔다.

정우의 얼굴이 눈물로 범벅이 되었다. 그 눈물 속으로 15P 영창 천정이 스르르 기울어졌다. 피멍이 든 듯 아픈 가슴을 부여잡고 옆으로 쓰러져 눕는 정우의 눈길에 영창 안 수감자들의 눈길이 마주쳤다. 눈물 빛으로 물든 눈들이 번들거리고 있었다.

아무도 잠들어 있지 않았다!

죽은 자의 울음소리!

너무나 익숙한 듯, 다른 수감자들은 허공으로 누군가를 배웅하듯 눈빛들을 보내고 있었다. 아마도 오늘 새벽 총살을 당한 군인의 영혼을 배웅하려는 것처럼, 온 세상을 다 품은 듯한 온화한 눈빛들을 보내고 있었다.

그 밤 이후로 15P 영창은 정우에게 전혀 다른 모습이 되었다. 한동안 정우는 멍한 나날을 보냈다. 식욕도 떨어지고 매사가 귀찮아져 담요 위를 떠나지 않았다. 그러다가 영창 안 시멘트 복도를 왔다 갔다 하며 K 하사에게 제지당하기도 하고, 영창 마룻바닥을 더듬어 가며 걸레질을 하기도 하였다.

정우는 영창의 비밀을 알게 되고부터 꿈과 현실의 경계가 없어져 버렸다. 한 번 없어진 경계는 정우의 모든 경계선을 파괴해 나갔다. 낮과 밤의 경계를 무너뜨리고 삶과 죽음의 경계도 없애 버렸다.

정우에게 주어지는 모든 현실이 꿈이었고, 정우가 꾸는 모든 꿈은 현실이었다. 15P 영창 안 모든 수감자들은 이미 잘 알고 있었던 것이다. 정우는 그들과 함께 하는 모든 시간이 새로웠다. 갇힌 자와 가두는 자, 죽임을 당하는 자와 죽이는 자, 죽은 자와 살아 있는 자의 경계선이 무너진 정우에게 남은 것은 오직 자유였다.

훨훨 날아가고 싶은 자유의지는 정우의 마음을 더욱 자유롭게 했다.

'내가 미쳐 가고 있는 건가?'

혼잣말처럼 내뱉는 정우의 입술 주위로 주름이 졌다. 정우가 부쩍 야위었다. 현실인 듯 비현실인 듯 구분이 없는 일상이 흘러가고 정우는 조금씩 자신의 주변을 돌아보게 되었다. 비쩍 마른 육신과는 달리 정우의 정신은 오히려 더욱 맑아졌다. 달라진 정우의 눈빛 속으로 15P 영창 안 백열등이 빨갛게 타올랐다. 환하게 영창 안을 비추는 전등의 불빛이 태양빛처럼 밝게 빛났다. 그 붉은빛을 따라, 지금까지는 느끼지 못했던 따스함이 다가왔다.

"그래도 살아서 나가야지."

그동안 정우의 달라진 모습을 걱정하던 옆의 사내가 말했다.

"잘못하면 정신을 놓치네."

"언감, 살아나간다고 하여도 제정신으로 살 수 있는 사람이 몇이나 될꼬?"

"이 양반이?"

"내 말이 틀렸는감?"

나지막한 목소리로 주고받는 옆의 사내와 뒷자리 나이 많은 사람의 말투가 정우에게는 오히려 다정하게 들렸다.

정우는 알게 되었다. 15P 영창 안은 죽은 자들의 공간이었다. 옆의 사내와 뒷자리 나이 많은 사람도 이런 사실을 잘 알고 있었다. 정우는 죽음이 두려웠다. 특히 계엄군에게 체포된 이후부터 죽음에 대한 공포는 늘 정우를 따라다녔다.

그러나 그 공포는 살아 있는 자의 공포였다. 그 죽음에 대한 공포가 15P 영창 안 죽은 자들의 공간에서는 아무 쓸모가 없었다. 죽은 자에게 죽음의 공포는 없기 때문이었다. 15P 영창 안 죽은 자들의 공간 속에 갇힌 산 자들은 죽은 자들이었다. 그러므로 살아 있는 자가 죽은 자와 함께 할 때 죽음에 대한 공포는 사라져 버리는 것이었다. 정우를 비추는 붉은 백열등, 정우가 느끼는 따스함은 산 자의 것이 아니었다.

'이미 죽었다.'

정우도 생명의 줄을 놓친 지 오래되었던 것이다. 그 죽은 자들 속에서 정우는 오히려 편안했다.

그렇게 시간이 흘러갔다. 그리고는 어느 날 영철이 며칠 동안 시름시름 앓다가 갑자기 죽어 버렸다.

"으으."

죽음을 맞이하는 날에도 영철은 얼굴을 찡그리고 아파하면서 영창 안 시멘트 복도를 왔다 갔다 하였다. 수감자들의 심부름을 하면서 말이다. 그리고 저녁 햇살이 질 무렵 영철은 영창 마룻바닥 위로 비스듬히 쓰러졌다. 영철은 쓰러진 그대로 숨을 거두었다. 그냥 아파하는 것 외에 특별한 증상이 없었기 때문에 주변 수감자들도 황당해할 정도로 영철은 급작스럽게 죽어 버렸다.

죽음 직전 잠시 바라본 영철의 모습이 오히려 편안해 보였다. 힘든 세상의 짐을 내려놓은 영철의 눈망울이 그토록 맑을 수가 없었다.

지난번 중년 남자의 사건 이후 K 하사는 영철을 가혹할 정도로 심하게 다루었다.

"다리 올리지 못해?"

영창 마룻바닥 아래 시멘트 복도에 영철을 거꾸로 세워 놓고 K 하사는 고함을 지르곤 했다. 영철은 겁먹은 얼굴로 K 하사의 지시에 고분고분 따랐다. K 하사는 이러한 영철의 태도가 더욱 화를 돋우는 것인지, 아니면 그냥 만만한 상대이기 때문인지는 몰라도 틈만 나면 영철을 괴롭혔다.

그러나 K 하사가 아무리 영철을 괴롭힌다고 하여도 이미 무언가 변해 버린 15P 영창은 K 하사의 절대적인 권위를 세워

줄 어떠한 여지도 없었다. K 하사의 절대적인 권위는 살아 있
는 자들에게서만 통용되기 때문이었다. 영철이 역시 이미 죽은
자였다.

15P 영창 안에서 일어나는 사건들에 대해서 영철은 그 어떠
한 결과도 알 수 없었다. 총에 맞고 쓰러진 중년 남자가 죽었는
지 살았는지, 갑자기 사라진 짧은 머리의 군인이 사형을 당했
는지 안 당했는지, 15P 영창 안에서 영철과 잠시라도 함께 했
던 사람들이 어디로 사라져 갔는지 등등 영철에게 15P 영창은
블랙홀과 같은 알 수 없는 공간이었다. 그러므로 영철은 어둡
고 긴 터널 속에 자신이 홀로 서 있다는 느낌 속에 자신이 살아
있는 생명체라는 생각이 들지 않았다. 그저 어둠의 공간 속에
무감각하게 떠도는 듯한 자신을 바라볼 뿐이었다, 그러한 영철
에게 K 하사의 얼차려는 아무런 타격도 되지 않았다. 그럴수록
K 하사는 영철에 대해 얼차려 강도를 더욱 높여 갔다.

"투둥, 퉁퉁!"

특히 K 하사는 영철의 머리에 몽둥이세례를 집중적으로 하
였다. 조금만 마음에 들지 않아도 K 하사는 영철의 머리를 난
타하였다. 결국 그것이 원인이 된 것인지는 몰라도 영철은 시
름시름 아파하다가 죽은 것이다.

영철은 그렇게 맞아 죽었다.

옆의 사내는 무슨 죄를 지었는지 무기징역을 선고받았다.
정우는 옆의 사내와 많은 이야기를 나눈 것 같았으나, 정작 자

신에 관한 이야기는 들은 기억이 별로 없었다. 술 먹고 싸움질 하다가 잡혀들어 왔다는 정도의, 그냥 지나가는 말 정도였다. 무기징역형을 선고받을 정도의 죄가 무엇인지에 대해서는 들은 바가 없었다. 왜 잡혀 왔는지, 죄목이 무엇인지, 물어보지는 않았지만 정우는 그 사내가 측은한 생각이 들었다. 옆의 사내는 얼마 있지 않아 다른 교도소로 이감을 갔다.

정우도 군사재판을 받았다. 정우는 15P 영창에 갇힌 지 처음으로 재판을 받는 군사법정에서 뒷자리에 앉아 계신 부모님 얼굴을 뵈었다. 재판은 순식간에 끝이 났다.

재판정은 중앙에 중령계급장을 달고 군복을 입은 재판장이 앉아 있고 양옆으로 2명씩 장교복장을 한 군인들이 앉아서 재판장을 보조하는 모양새를 갖추고 있었다. 역시 군인인 중위 계급장을 단 군 검찰관이 정우를 기소하자 역시 군인인 법무관이 몇 마디 변호를 하는 것으로 재판은 마무리되었다. 정우는 잘 들리지도 않는 그들의 말들이 하나도 기억나지 않았다. 자기들끼리 중얼중얼거리더니 재판장이 선고를 하고 나가 버렸다. 정우는 징역 1년을 선고받았다. 정말 허무한 법정이었다. 불과 10분도 되지 않는 짧은 시간에 정우에 대한 심판이 내려졌다.

제2관구 계엄보통군법회의 공소장(기소)

다음과 같이 공소를 제기합니다.

죄명 : 계엄법위반

적용법조 : 계엄법 제15조 포고문 제10호 제2의 마

첨부 : 구속영장 1통, 구속기간연장결정 1통, 수용증명서 1통

공소사실

피고인은 부산대학생으로 있는 자인 바,

1980. 5. 17을 기하여 전국에 비상계엄이 확대 선포되고 계엄사령관의 포고문 제10호 제2의 마항에 의하여 유언비어 날조 유포가 금지되어 있음에도 불구하고,

1980. 5. 18. 16:00시경 부산시 동래구 장전2동 소재 피고인 집에서 김0(기소) 와 같이 "부산대학교 성전 포고문에 즈음하여"라는 제하의 "당국은 5·18 반동조치로서 계엄확대 강화 및 민주인사 구속 등 실로 목불인견적 탄압을 가하는 바" "현 정권음모와 반민주적 태도는 조국의 통일과 민주화를 열망하는 우리 부대인에게 촌보라도 양보될 수 없다" "또다시 유신망령이 해골을 굴리며 나오는 이때" 등의 내용이 담긴 유인물 500매를 등사판에 인쇄한 후 동월 19. 19:30경 부산시 중구 남포동 소재 미화당백화점 3층 창문에서 그중 약 50매를 창문을 통하여 뿌림으로써 유언비어를 날조 유포한 것이다.

그리고 10일 후 정우에게 전달된 확인서는 '판결요지 : 징역 1년 미통 45일, 제2관사 계엄보통군법회의 관할관 소장 김00'라는 한 장짜리 종이였다. 정우는 판결문을 받아 본 즉시 항소를 했다. 그러나 정우가 이러한 재판에 기대를 갖는 것은 아니었다. 어차피 정우에게 군사법정은 무의미한 것이었다. 정우는 오직 거부할 뿐이었다. 아무리 막강한 권력의 힘이 가해진다고 해도 자기 자신에 대한 자존감은 스스로 지켜 나가는 것이라고 정우는 생각했다.

정우는 이렇게 지키는 자존감을 이미 보았다. 짧은 머리의 사형수 군인이 무지막지한 폭력에 대항하여 자신의 의지를 실현할 수 있는 어떠한 여지도 없는 15P 영창 공간 속에서도 최소한의 인간적 자존감을 보여 줄 수 있었던 것은 스스로 거부할 수 있었기 때문이라고 정우는 생각했다.

그 자존감으로 정우는 다시 인간이고자 했다. 그 자존감으로 정우는 죽은 자에서 다시 살아나고자 했다. 15P 영창 안 죽음의 공간 속에서 죽은 자였던 정우가 거부할 수 있다는 것, 그것은 새로운 생명으로 거듭나는 것이었다. 그것은 또한 지금까지의 정우 자신에 대한 거부이기도 했다. 군홧발에 짓밟히며 들짐승처럼 앓는 소리를 내면서 널브러져 있었던 나약한 정우였다. 머리부터 발끝까지 몽둥이세례를 받으며 뼈 마디마디를 들쑤시는 폭력에도 비명조차 지르지 못하고 온몸을 내맡

겼던 정우였다.

그러한 정우가 이제 자신까지 거부하며 인간성을 되찾고자 하는 것, 그것은 새로운 투쟁을 모색하는 것이기도 하였다. 투쟁은 국경을 맞댄 국가 간의 전쟁이나, 어느 사회를 양분하는 계급 간의 거창한 투쟁전선에서만 일어나는 것이 아니다. 15P 영창 안 좁은 공간에서도 투쟁은 항상 일어났다. 잠도 오지 않는데 취침시간에 맞추어 억지 잠을 자야 하는 것도 투쟁이었고, 차가운 짬밥을 먹으며 깍두기 한 조각과 허여멀건 된장국으로 배고픔을 채우는 것도 투쟁이었다. 15P 영창 안 K 하사의 날카로운 시선을 피하며 오줌보가 터지도록 참는 것도 투쟁이었다. 사소한 일상에서부터 투쟁은 일어나고 있었던 것이다.

정우는 그러한 투쟁으로 자신의 생명을 되살리고자 했다. 그것은 일상을 되찾는 것이었다. 그 일상은 특별한 것이 아니었다. 지금까지 관심조차 두지 않았던 일들이었지만, 살아남고자 하는 순간, 그 일상은 정우의 가슴을 따뜻하게 채우기 시작했다. 그 일상으로 담요를 털며 잠시 바라본 15P 헌병대 하늘이 맑았다. 그 일상으로 짧은 시간 운동을 하며 흙을 밟는 정우의 굳은 발바닥 속으로 새살이 돋듯 시원한 바람이 일어났다. 그 일상으로 정우의 가슴이 조금씩 뛰기 시작했다.

며칠 후 정우는 15P 영창 운동장으로 포승줄에 묶여 나섰다. 부산교도소로 이감을 가기 위해 나서는 길이었다. 창문이 철망으로 둘러쳐진 호송버스가 15P 막사 운동장 끝에 와 있었다.

늦은 가을 하늘이 눈이 부시게 파랗게 올려다보였다. 살랑 스치는 가을바람에 정우는 잠시 눈을 감았다. 정우의 코끝으로 새로운 바람이 스치듯 지나갔다. 잠시 15P 영창을 뒤돌아보던 정우는 아무도 타지 않는 호송버스에 혼자 올라탔다. 어색한 국방색 군복을 입고 있는 교도관 한 명이 정우를 옆에서 호위하듯 자리에 앉혔다. 정우는 그렇게 15P 영창을 떠났다.

2부

살아남은 자

이감

　정우가 영등포구치소로 이감을 온 때는 추운 겨울이었다. 구치소 마당이 온통 얼음과 눈투성이었다. 정우는 이번 겨울이 유난히 추운 겨울이라고 말하는 소리는 들었지만, 오히려 하얀 눈을 보며 마음이 들떠 있었다. 부산은 눈이 잘 오지 않아서 겨울에 눈이 덮인 하얀 세상을 보기 어려웠기 때문에, 하얀 눈을 보는 정우의 마음은 오히려 즐겁기까지 했다.
　"복도 옆으로, 일렬종대로 붙어 섯!"
　교도관이 짧게 외쳤다.
　정우는 오늘 새벽 부산교도소에서 서울 영등포구치소로 이감을 왔다. 교도소에서는 말이 새벽이지 한밤중에 재소자를 깨워 이감을 시켰다. 정우도 새벽 1시경에 교도관이 감방 문을 열고 정우를 호출하는 소리에 잠을 깨고 부랴부랴 짐을 챙겨 나온 것이다.

　몇 달 전 정우는 양정동 15P 영창에서 부산교도소로 이감을 하면서 일반 잡범방에 수감이 되었다. 정우가 수감된 방은 일명 폭력방이었다. 그 방에는 강도나 폭행치상, 강간죄를 저지르고 1심에서 징역형을 선고받고 2심 재판을 기다리는 사람들이 수감되어 있었다. 사회에서는 깡패라고 부르는 사람들이었다. 약 4평 정도 되는 방에 12명이 함께 생활하였는데, 정우는 이감을 온 날 번개 앞에서 신입 신고식을 하였다. 번개는 그 방의 방장이었다. 나이는 40대쯤 되어 보였는데 다부진 몸매에 주름이 약간 진 얼굴은 위압적이었다. 온천장에서 제법 힘깨나 쓰는 조직깡패의 두목이라는 소문이 감방 안에 퍼져 있었다.

"어이, 나이가 몇 살인고?"

정우의 옆으로 벽 쪽에 기대어 앉아 있던 사람이 물었다.

정우는 머뭇하다가 "아직 생일이 안 지나서 만으로는 스물한 살입니더" 하고 버릇처럼 말했다. 버릇이라는 것은 그동안 조사를 받으면서 나이를 물을 때마다 생일을 기준으로 나이를 계산해서 대답을 해야 했기 때문에 습관이 된 셈법이었다.

"완전 꽃띠구만."

그 옆의 사내가 한마디 했다.

"뭐하다 잡혀 왔누?"

번개가 물었다.

"데모하다가 잡혀 왔습니더."

감방 안이 조용해졌다. 폭력방에 정치범이 들어왔으니, 그들은 무언가 앞뒤가 맞지 않는다고 생각을 한 모양이다.

그리고는 정우의 신고식이 간단하게 끝났다. 정우가 대학생이고 데모를 하다가 잡혀 왔다는 것을 알고서 번개는 자기가 앉은 자리 옆에 정우를 앉히고 그날로 부방장으로 임명하였다.

4평 정도 넓이의 감방 안 구조는 거의 정사각형에 가까웠다. 복도와 연결되는 출입구 철문이 하나 있고 그 철문을 마주보고 반대편으로 화장실과 쇠창살 창문이 어른 키 높이로 달려 있었다. 철문은 가로세로 20센티미터 정도 되는 구멍이 아래위로 2개 뚫려 있는데 아래쪽은 식사시간에 음식물을 넣어주거나 우편물 등을 넣어 줄 때 사용했다.

정우가 수감된 감방은 여러 명이 함께 생활하기 때문에 복도 쪽으로 난 벽 전체를 철창으로 만들어 훤하게 트여 있었지만, 독방의 경우 철창이 없이 철문 자체가 벽이었기 때문에 위쪽은 감시용 구멍으로 활용되었다.

교도관이 복도를 지나면 교도관의 눈높이에 딱 맞추어 뚫려 있어 그 구멍을 통해 감방 안을 훤하게 들여다볼 수 있었다. 그 작은 구멍도 쇠창살을 두 개 박아 놓았다.

이 쇠창살이 때로는 매우 유용하게 사용되기도 하였다. 두 손으로 쇠창살을 잡으면 운동하기에 아주 좋았기 때문이다. 쇠창살을 잡고 문에 달라붙어 허리운동이나 다리운동을 할 수 있는 사람은 고참들이었다.

철문과 화장실은 일직선으로 마주보고 배치되어 있었다. 독방이 아닌데도 교도관은 그 철문 구멍을 통하여 때때로 감방 안을 들여다보기도 했다. 자신의 모습을 철문 뒤에 숨기고 몰래 들여다보면서 감방 재소자들의 일상을 감시하기에는 딱 좋은 구멍이었기 때문이다. 이 경우 화장실이 일직선으로 배치되어 있기 때문에 화장실까지 훤하게 들여다볼 수 있었다. 화장실문은 투명한 비닐로 가려져 있어 밖에서도 화장실 안이 다 보였다. 볼 일을 볼 경우 몸 아래를 가리기 위해 수건을 걸어 놓는데 빵봉지의 비닐을 꼬아 만든 실에 걸쳐 놓아 아랫부분이 보이지 않게 하고 있었다.

그 비닐로 만든 실은 빵을 먹고 남은 비닐봉지로 만드는 거였다. 비닐봉지를 종이처럼 한 장으로 얇게 펴서 길게 둘둘 말아 그 한쪽 끝을 잡고 다른 쪽 끝을 힘껏 당기면 비닐봉지가 쭉 늘어났다. 그러면 비닐이 늘어나는 대로 둘둘 말아 나가면서 계속 당기면 매우 질기고 단단한 실이 만들어졌다. 그 비닐 실은 사용용도가 매우 많았다. 빨랫감을 걸어 놓는 줄로도 사용하였고 먹을거리를 자르는 칼로도 사용하였다. 가느다란 줄을 팽팽하게 당겨 과일이나 버터를 자르면 칼로 벤 듯이 깨끗하게 잘려 나왔다. 교도소에서 지급하는 물건 외에는 사용을 하지 못하게 하는 감방이지만 이 정도는 담당 교도관도 눈을 감아 주었다.

감방 안에서 가장 좋은 자리는 당연히 화장실과 가장 멀리 떨어진 곳이었다. 그 자리는 화장실과 대각선으로 위치한 구석진 곳에 있는 방장 자리였다. 감방 안에서 방장의 권위는 절대적이었다. 방장의 말 한마디가 곧 법이었다.

감방 안의 질서는 엄격하였다. 각자가 맡은 역할이 있어 매일 또는 매시간 자기에게 주어진 역할을 어김없이 수행해야 했다. 식사당번, 화장실 청소, 아침저녁으로 담요를 개고 펴는 일, 방청소, 사물정리 등 모두 역할이 정해져 있었다. 그중에서도 식사당번은 가장 고참들이 하고 화장실 청소는 갓 들어온 신입에게 시켰다. 부방장이 된 정우는 이 모든 것으로부터 해방이 된 것이다.

"인자부터 니가 내 공부 좀 시켜 주라."

번개 방장이 부방장이 된 정우한테 하는 첫 마디 말이었다.

"마 그렇다고 겁먹을 거 없다. 이놈의 세상이 어떻게 돌아가는지 내 그걸 쪼매 알고 싶어 그란다. 역사라는 거 안 있나. 중고등학생 가르치는 역사책 말이다. 니는 대학물을 먹었으니까 잘 알 거 아이가."

비스듬하게 앉아 정우를 곁눈질하며 말하는 번개 방장의 말이 더듬더듬 이어졌다. 요약하자면 역사공부를 시켜 달라는 말이었다. 그런데 그것이 공부는 공부인데 정확하게 말하면 배우고 익히는 방식의 학습을 하는 공부가 아니었다. 이리저리 둘러대며 말하는 번개 방장의 최종 결론은 이야기를 해 달라는 거였다. 정사로서의 역사책이 아니라 야사에 나오는 옛날이야기 같은 것이었다.

처음에 정우는 번개 방장이 정말로 공부를 시켜 달라는 것으로 생각하고 당황스러운 마음에 걱정까지 하며 진지하게 이야기를 들었다. 그러다가 번개 방장의 말뜻을 알고서는 정우 자신이 놀림감이 된 것 같은 기분이 들었다. 그러나 번개 방장의 태도는 진지하였다. 정우를 최대한 존중하며 말하는 번개 방장의 말투에는 진정성이 묻어났다. 아마도 깡패두목으로 거칠게 살아온 번개 방장이 할 수 있는 최선의 표현방법이, 깡패답지 않게 에둘러 표현한답시고 그랬던 것 같았다.

그날로 정우는 번개 방장뿐만 아니라 폭력방의 이야기꾼, 만담가가 되었다. 정우에게는 쉬운 일이었다. 역사를 길게 잡을 것도 없이 20세기 초반부터의 근현대사만 들추어도 무궁무진한 이야깃거리가 있었다. 특별히 정우가 공부를 많이 해서 아는 것은 아니다. 어느 정도의 역사적 사실만 알고 그 사실로부터 만들어진 역사인식을 거꾸로 뒤집으면 매우 재미있는 이야기가 되는 것이다. 거꾸로 읽는 역사랄까, 그동안 알고 있었던 역사적 사실이 전혀 반대의 논리로 재해석되는 정우의 이야기에 폭력방은 열기로 가득 찼다. 이야기를 들으며 번개 방장은 강하게 반발하기도 하고 때로는 흥분하기도 하면서 점차 정우의 이야기에 동화되어 갔다.

이야기의 주제는 일제 강점기부터 최근까지 들쭉날쭉하며 앞뒤도 없이 흥미 위주로 진행되었다.

당시 문학평론가 구중서 선생이 비판한 박목월 시인의 「나

그네」라는 시에서 언급한 "술익는 마을마다 타는 저녁놀"이라는 시구가 일제 강점기 먹을 양식도 없는데 술을 빚을 마을이 어디 있겠느냐는 대목과 "강나루 건너서 밀밭 길을"에서 그 시점이 늦은 봄 보릿고개라는 것을 알 수 있는데 굶주림에 허덕이면서 술을 빚는다는 것이 말이 되느냐는 대목에서는 모두가 동의하며 고개를 끄떡였다.

그러나 리영희 선생의 『전환시대의 논리』 시사평론집에서 인용한 베트남 전쟁의 베트콩과 중국 공산당 모택동에 대한 이야기는 고개를 갸웃거렸다. 특히 번개 방장은 강하게 반발하였다. 베트콩이나 모택동은 빨갱이들인데 그들을 그렇게 미화해도 되느냐는 것이다. 정우가 이에 대해 답변을 할 수 있는 말은 없었다.

대부분의 인간은 자신이 직접 경험하거나 자신에게 주어진 사실이 진실이라는 확신이 설 때 그것을 자신의 의식으로 정립하는 경우가 많기 때문에, 다른 사람이 어떠한 논리를 편다고 할지라도 특별한 경우가 아니라면 동의를 얻어 내기가 어렵기 때문이다. 물론 경험이나 확신조차도 믿을 수 없는 경우가 많지만 말이다.

그럼에도 정우의 이야기는 재미가 있었고 번개 방장도 자신의 생각과 다른 내용에 대해서는 겉으로 말 간섭을 하면서도 속으로는 정우의 이야기에 내심 귀를 기울였다. 정우의 이야기는 재미와 더불어 논리 정연하였고 번개 방장 자신이 처한 현실만 돌아보더라도 자신의 잘못에 비해 그 대가로 치러지는 형벌은 너무 과하다는 생각을 하고 있었기 때문이었다. 특히 정우가 인간의 모든 행동은 사회적 산물이라고 말했을 때에는 번개 방장의 귀가 뻥 뚫렸다.

"그럼 절도범은 죄가 없는 감? 사회적 산물인깨롱?"

농담 반 진담 반 번개 방장이 시비를 걸었다.

"왜 죄가 없어요, 있지."

옆에서 묘한 억양으로 억지를 부리듯이 누군가가 거들었다.

정우 역시 '피식' 웃으며 대답할 필요성을 느끼지 않았다. 이미 정우가 이야기하고자 하는 내용은 농익을 정도로 서로 간에 스며들어 있었고 번개 방장을 비롯한 폭력방의 수감자들은 정우의 이야기에 장단을 맞추기만 하면 되었기 때문이다. 계속해서 이어지는 정우의 이야기는 폭력방 수감자들의 무료한 오후나 저녁시간을 때우기에는 안성맞춤이었다.

부방장의 역할은 그게 다였다. 방장을 보좌하는 역할은 별게 없었다. 방장과 대화를 나누는 것이었고 그것은 정우의 이야기로써 해결되었다. 정우의 이야기와 함께 번개 방장은 많은 것을 물어보았다. 의외로 번개 방장은 현 시국에 대해 관심이 많았다. 전두환 보안사령관이 어떻게 대통령이 되었는지, 앞으로 이 나라가 어떻게 될 것인지, 대학생들이 왜 데모를 하는지 등 번개 방장은 매우 큰 관심을 가지고 정우에게 물어보았다.

이러한 질문들에 대해서 정우가 대답할 수 있는 내용은 별로 없었다. 이전에는 정우가 목숨을 내걸 정도로 소중했던 모든 생각들이 이곳에서는 쓰일 데가 별로 없었다. 그 생각들이 잘못되었거나 의미가 없다는 것이 아니라 새롭게 접한 현실에서는 새로운 해답을 찾아야만 했기 때문이다. 그것을 찾지 않으면 이전의 생각들은 아무 쓸모가 없다고 정우는 생각하였다.

그토록 소중하게 지키거나 지켜 주고자 했던 인간의 존엄성은 몽둥이 한 대에 온데간데없이 사라져 버렸다. 스스로 지키고자 했던 인격과 자존심은 주먹질과 욕설 속에 똥개보다도 못한 비굴함으로 변해 버렸던 현실이 정우에게 고통스럽게 다가왔다.

"모두 옷을 벗는다, 실시!"

정우가 15P 영창을 떠나 부산교도소에 첫발을 내딛는 순간, 죽 늘어선 사람들을 향해 교도관이 소리를 질렀다. 정우가 호송차에서 내려 감방 건물 속 복도로 들어서자 이미 다른 곳에서 끌려온 10여 명 정도의 사람들이 서먹하게 서 있었다.

"야 인마, 빤쓰도 벗어!"

정우를 포함해서 대부분이 팬티와 러닝을 입고 엉거주춤하게 서 있자 교도관이 회초리를 휘두르고 발길질을 해 대며 고함을 질렀다.

"똑바로 섯!"

완전 나체가 된 사람들을 하나하나 훑어보며 교도관이 지나갔다.

"이 자식은 뭔 털이 이리 많아?"

교도관이 들고 있던 회초리 끝으로 중간에 서 있는 남자의 성기 위를 헤집었다. 무성한 털 속에 무언가를 숨기지나 않았을까라는 의심으로 하는 교도관의 행동이었지만 장난기가 섞인 것이었다. 그 남자가 느꼈을 법한 수치심은 안중에도 없어 보였다.

"뒤로 돌아!"

모두가 뒤로 돌았다.

"허리 굽히고 똥구멍 벌려!"

정우의 머릿속으로 수만 가지 생각이 지나갔다. 허리를 숙일까 말까, 똥구멍을 벌릴까 말까, 차라리 반대편 벽으로 돌진해서 15P 영창에서 죽은 영철이가 했던 것처럼 머리를 박아 버릴까 등 정우의 머리를 스쳐 가는 생각들과는 달리 정우의 벌거벗은 몸뚱이는 교도관의 구령에 맞추어 움직이고 있었다.

솔직히 정우는 두려운 생각이 앞섰다. 이미 15P 영창에서 2개월여를 지내면서 정우는 스스로의 인격을 포기할 수밖에 없었다. 15P 영창과 일명 망미동 삼일공사로 간판을 내걸고 있는 부산지구 계엄합동수사단을 오가며 무자비하게 구타를 당하고 항의조차 할 수 없는 상황에서 정우가 할 수 있는 것은 그러한 현실을 받아들이는 것 말고는 없었다.

설사 인간이 스스로 선택할 수 있는 마지막 수단인 자살을 하고자 하는 마음을 가질지라도 그 죽음조차 선택할 수 없을 정도로, 한순간도 정우는 감시의 눈망울에서 벗어나지 못하였다. 혼자이면서도 혼자가 아닌 정우의 일상은 치욕이었고 부끄러움이었다. 그러다가 점차 체념으로 스스로를 포기해 버린 정우였다.

"똥구멍에 숨긴 게 있으면 미리 말해!"

상체를 숙인 상태에서 엉덩이를 치켜들어 양손으로 항문을 벌리고 있는 정우를 스쳐 지나가며 교도관이 말했다. 간혹 항문 속에 마약류를 숨겨 들어오는 재소자가 있다고 하지만 지금처럼 실시하는 항문검사는 다분히 고의적인 측면이 강했다. 수감자들에게 극도의 수치심을 갖게 하지만, 도저히 거부할 수 없는 상황을 만듦으로써 교도소의 권위와 명령체계를 확고히 하고자 하는 의도가 숨어 있는 것이다.

"신체검사 이상 무!"

신체검사를 마친 교도관이 나뭇잎 3개짜리 견장을 단 상급자에게 보고를 했다,

"각 방 배치!"

상급자가 짧게 말하고는 돌아가 버렸다. 신체검사는 그게 다였다.

"모두 오리걸음 실시!"

교도관이 신체검사를 마치고 푸른 죄수복으로 갈아입은 재소자들을 향해 매서운 눈초리를 보내며 소리를 질렀다. 정확하게 11명이 쭈그리고 앉은 자세로 깍지 낀 양손을 머리에 이고 오리걸음으로 걸었다. 복도 끝이 아득하게 멀었다.

"구령 실시! 앞쪽 열 오리, 뒷열 꽥꽥!"

정우는 맨 뒤에서 오리걸음을 하며 '꽥꽥' 하고 구령을 붙였다. 비쩍 마른 몸매지만 엉덩이를 뒤뚱거리며 걷는 정우는 영락없는 오리였다. 그 기분은 참으로 더러웠다. 차라리 오리가 되어 버렸으면 좋겠다는 생각을 하며 정우는 스스로에 대한 치욕감으로 고개를 숙이며 남몰래 얼굴을 붉혔다. 부산교도소로 이감 온 첫날을 정우는 이렇게 보낸 것이다.

삼청교육

"철컥! 철컥!"

이튿날 아침 식사를 마치자마자 복도 끝에서부터 철문을 따는 자물통 소리가 요란하게 들렸다.

"순화교육 대상자 집합!"

교도관의 날선 듯한 고함소리가 감방 복도를 쩌렁쩌렁 울렸다. 정우는 영문도 모르고 감방 재소자와 함께 줄을 맞추어 교도관을 따라 나섰다. 아마 새로 들어온 재소자들을 대상으로 교육을 시키는 모양인데, 사전 설명도 없이 복도가 떠나갈 듯 수번을 불러 댔다. 정우도 자신의 번호를 듣고 따라 나섰다.

어제 정우가 오리걸음으로 들어온 반대편 복도를 따라 철문을 나서자 교도소 운동장이 나왔다. 이미 100여 명의 재소자들이 줄을 서 있고 빨간 모자를 쓴 교도관 10여 명이 몽둥이를 들고 서 있었다.

"4명씩 횡렬 종대!"

앞에 선 빨간 모자 교도관이 외마디 소리를 지르며 무차별적으로 몽둥이를 휘둘렀다. 모두가 후다닥 열을 맞추었다.

"체조 준비!"

일종의 준비운동으로 실시하는 피티체조를 시작했다. 준비
운동이라고 하지만 피티체조는 고문과 마찬가지였다. 100여
명이 하나같이 움직여야 하고 만약 몸동작 하나 구령소리 하
나라도 틀리면 모두가 기합을 받았다. 그것을 수도 없이 반복
하다 보면 온몸의 근육이 마비가 되면서 팔다리가 마치 바윗
덩어리에 눌린 것처럼 꼼짝도 할 수 없을 정도로 굳어 버렸다.

"동작 그만!"

모두가 한계상황에 도달할 때쯤, 빨간 모자가 소리쳤다.

"봉체조 준비!"

피티체조를 끝내자마자 쉴 틈도 주지 않고 4명씩 조를 맞
추어 각 열 앞에 놓인 전봇대 굵기의 나무기둥을 들라고 하였
다. 나무기둥은 양팔로 감싸 안아야 할 정도의 굵기였다. 5미
터 정도 되는 길이의 나무기둥은 어른 4명이 함께 들기에도 버
거웠다. 정우의 조도 나무기둥을 기를 쓰고 들어 올렸다.

"구령에 맞추어 봉체조 실시!"

대열의 앞에 선 빨간 모자가 구령을 붙이고 나머지 빨간 모
자는 정우가 서 있는 대열 속의 구석구석을 돌면서 몽둥이질
과 발길질을 해 댔다. 정우는 정신없이 구령에 맞추어 나무 봉
을 들어 올렸다가 왼쪽 어깨로 내리고 다시 들었다가는 오른
쪽 어깨로 내리는 동작을 반복했다. 구령에 맞추지 못하거나

봉을 놓친 조는 한쪽 구석으로 내몰려, 빨간 모자들이 얼차려와 함께 몽둥이로 개 패듯이 패고 있었다.

한마디로 정신이 하나도 없을 정도였다. 결국은 일사불란한 대오를 맞추지 못한다는 구실을 잡아 모두에게 얼차려가 내려졌다. 봉을 내려놓고 땅바닥에 드러눕자 마자 앞뒤 굴리기를 실시했다. 제대로 따라하지 못하는 사람에게는 가차 없이 몽둥이세례가 가해졌다. 정우는 땅바닥에서 흙먼지를 뒤집어쓰고 앞뒤 굴리기를 하였다. 다행히 정우의 조는 별도의 얼차려를 당하지는 않았다.

2시간 정도 진행된 순화교육을 마치고 정우는 폭력사동으로 돌아왔는데 온몸이 땀과 흙먼지로 엉망이 된 재소자들을 교도관이 복도 끝에 있는 세면장으로 한꺼번에 몰아넣었다. 교도관이 벌거벗은 몸뚱이 위로 물 호스로 물을 뿌려 댔다. 물 호스로 물을 몇 번 뿌리는 동안 서둘러 몸을 씻지 않으면 세면 시간이 끝나 버렸다. 그러면 땀조차 제대로 씻지 못하고 감방으로 들어가야 했다.

정우는 비누칠을 할 틈도 없이 대충 땀과 흙먼지만 닦아 내었다. 그러나 그 짧은 순간에도 동작 빠르게 비누칠을 하고 머리까지 감는 사람도 있었다. 비누를 쥔 손을 놀려 머리를 감는 동작이 마치 원동기가 돌아가는 듯했다. 더구나 불과 대여섯 번 좌우로 왔다 갔다 하며 뿌려지는 물 호수 세례까지 계산한 듯 비누의 양을 정확하게 조절하고 마무리하는 동작은 놀라

울 정도였다.

쌀쌀한 가을 날씨지만 땀으로 범벅이 된 몸의 열기를 식히자 온몸이 시원했다. 정우는 매일 오전 중에 교도소 순화교육을 1개월 동안 받았다. 일명 삼청교육을 교도소에서 받았던 것이다. 정우의 양 어깨는 피멍이 들고 살갗이 벗겨져 벌겋게 달아올랐다. 물론 팔꿈치와 무릎도 성한 데가 없었다.

교육시간 내내 외치는 구호는 '정신개조!'였다. 네 박자로 외치는 구호 소리에 몸동작을 맞추다 보면 아무 생각이 없어졌다. 오직 틀리지 않아야 한다는 생각, 몸동작이 늦지 않아야 한다는 생각만이 머릿속을 뱅뱅 맴돌 뿐이었다.

그나마 다행스러운 것은 함께 하지 않으면 맞아 죽는다는 생각 속에 끈적하게 묻어나는 동질의식이었다. 그동안 정우가 맞닥뜨린 현실은 누구도 대신할 수 없는 것이었다. 망미동 계엄합동수사단 지하 밀폐된 공간에서 온몸이 피투성이가 되어 나뒹굴었던 정우는 혼자였다. 15P 영창 철창 안 수십 명의 수감자들 속에서도 정우는 혼자였다. 4평짜리 좁은 감방에 12명이나 되는 사람들과 몸을 부대끼며 잠을 자고, 밥 한 끼 물 한 모금조차 혼자서는 먹을 수 없는 집단생활이었지만 정우는 혼자였다. 홀로 남겨진 정우에게 함께 할 수 있는 것은 아무것도 없었다. 그 외로움 속에 정우 스스로 자신의 존재감을 잃은 지 오래였다.

그런데 뜻밖의 일이 일어났다. 교도소에서 삼청교육을 받으면서 당하는 그 고통의 동질감 속에 정우의 피가 끓어올랐던 것이다.

도저히 견딜 수 없을 것 같은 고통 속에, 내가 빠지면 이 봉을 들어 올릴 수 없겠다는 생각, 저 사람이 함께 하지 않으면 이 봉을 들어 올릴 수 없겠다는 생각, 다리가 부들부들 떨리고 손가락 마디마디가 경련을 일으키며 힘줄이 늘어나는 것 같은 통증 속에 온몸이 땀에 젖어드는 순간, 정우는 오히려 힘찬 기합을 넣었다. 그것은 함께 살고자 하는 소리였다. 그것은 또한 인간성이 극단적으로 말살되는 상황에서 일어나는 최소한의 인간적 유대감을 통해 스스로의 존재감을 자각하는 것이기도 했다.

"동작 그만!"

'삐빗' 하는 호각소리와 함께 빨간 모자가 날카롭게 외치면서 대열 속으로 파고들었다. 중년 사내가 쓰러져 있었다. 몸집이 뚱뚱한 편이라서 동작이 둔한 것인지 며칠 전부터 심한 얼차려를 계속 받았던 작달막한 키의 중년 사내였다. 정우가 흘깃 보니 호흡이 없었다. 이미 숨이 끊어진 상태로 보였다. 빨간 모자가 대수롭지 않은 듯 교도경비대를 부르니까, 수도 없이 반복해 왔던 일인 양 교도경비대는 중년 사내를 들것에 싣고 운동장 밖으로 바쁘게 빠져나가 버렸다.

"봉 체조 준비!"

빨간 모자는 아무 일도 없었던 것처럼 소리를 질렀다.

그날 밤 정우는 번개로부터 많은 이야기를 들었다. 지금은 그래도 나은 편이라고 하였다. 처음 삼청교육, 일명 순화교육을 받은 사람들 중에는 수십 명이 맞아 죽었다는 소문이 있을 정도로 심한 교육을 시켰다고 했다. 교육이 아니라 사람을 죽이거나 병신으로 만들기 위한 수단으로 순화교육을 실시하는 것처럼 보였다고 하였다. 번개 자신도 그러한 교육을 견디어 낸 사람이라며 머리에 난 상처를 보여 주었다. 몽둥이에 맞아 찢어진 상처라는데 정수리부터 이마까지 허옇게 살점이 파인 채 길게 자국이 나 있었다.

"지독한 놈들이야."

빨간 모자들을 상기시키며 번개가 말했다.

"교도관들은 어깨에 견장을 달아 자신들의 계급이라도 표시하고 있는데 저놈들은 그게 없어."

번개의 말은 건조했으나 화가 난 듯했다.

교도관의 직급과 역할을 대충 파악해 보면,

'재소자들끼리 통하는 은어로 교도관들의 계급장을 나뭇잎과 말뚝으로 구분하기도 하는데 잎이 2개인 교도관은 담당으로 불리며 각 사동을 지키거나 재소자들의 각종 운동, 편지, 사물반입반출, 면회 등을 주로 맡고 있다. 이들을 지휘하는 잎사귀 3개는 부장으로 불리고 한 관구 전체를 책임지고 있다. 말뚝은 무궁화 모양인데, 말뚝 1개가 주임으로 교도소에서는 엄청난 힘을 갖고 있다. 아침저녁으로 주임이 교도소 각 사동을 순시할 때면, 담당 교도관들의 구령소리가 온 사동을 쩌렁쩌렁 울릴 정도이다. 말똥 2개가 계장인데 주로 교회사 등으로 불리며 재소자 교육이나 의료 등을 맡고, 말똥 3개인 과장은 그야말로 교도소에서는 절대 권력을 상징한다. 물론 소장이 최고 권력자이지만 교도소에 수감된 재소자들에게 이들이 갖는 위상은 엄청났다. 특히 보안과장은 무서운 존재다. 재소자들의 생사여탈권을 쥐고 있다고 보면 딱 맞다.'

이렇게 나누어지는 교도관의 서열 속에서도 빨간 모자는 계급이 없었다. 해병대나 공수부대 등의 군인신분인지, 아니면 다른 특수훈련을 받은 특별한 신분인지는 모르지만 그들의 행동에는 거리낌이 없었다.

"저놈들에게 대들었다가는 꼼짝없이 먹방에 갇혀."

번개가 치를 떨며 말했다.

"하모, 반 죽음이제!"

옆에서 고참 하나가 거들었다.

"우리 번개 방장이 산 증인 아이가."

비스듬히 누워 있던 다른 사람이 한마디 더 거들었다.

"내 세상에 태어나서 저렇게 앞뒤가 없는 놈들은 만나 본 적이 없다. 시작도 없고 끝도 없는 놈들 아이가. 이리 말해서 이리했는데 저리하라 카고, 저리 말해서 저리했는데 이리하라 카고. 그 정도면 그래도 괜찮다. 알아듣지도 못하는 말을 해 놓

고는 지 말 안 듣는다고 말마다 욕이고 몽둥이를 들고 설쳐
대니 죽을 맛 아이가."

"일부러 그라는 거 모르고 있었나?"

"와 모릅니꺼. 이왕 말이 나왔으니 화풀이 하는 거지예."

"그래도 조심하거라. 살아서 나가야 할 거 아이가."

번개의 말이 갑자기 서늘해졌다. 그러면서도 서로 주고받는
이야기 속에, 정우는 번개가 자신의 이야기를 하고 싶어 한다
는 것을 알았다. 그래도 번개 하면 알아 주는 깡패두목이라는
것을 교도소 내 다른 조직폭력배들은 다 알고 있었다. 그러한
번개가 수도 없이 교도소를 들락거렸다고 하더라도 갑자기 변
화한 상황들을 제대로 받아들이기가 어려웠을 것이다. 당연히
반항을 했을 거고 번개는 꼼짝없이 시범 케이스로 징벌을 받
았을 것이다.

"니 통닭구이라는 거 들어봤나?" 하며 정우에게 번개가 슬
쩍 웃으며 말했다. 비스듬히 누워 있던 옆의 사내가 자리에서
일어나 앉았다.

"아이고 행님, 그만 하소!"

옆의 사내가 정색을 했다.

"내가 일주일을 그리 지냈다. 통닭구이가 돼서 먹방에서 개
밥 먹고."

번개의 눈이 번뜩였다. 언뜻 스치며 마주친 번개의 눈 속으
로 살기가 섬뜩하게 지나갔다.

통닭구이는 말 그대로 사람을 통닭을 구울 때처럼 만드는 것이었다. 정우도 얼마 후 통닭구이를 당한 사람을 보게 되었는데, 바라보기만 해도 그 고통을 느낄 수 있을 정도로 악랄하였다. 양손을 목 뒤, 등 쪽으로 넘겨 포승줄로 묶고서는 머리가 양팔의 팔꿈치 아래로 숙여지게끔 하여 팔꿈치 사이를 또 포승줄로 묶었다. 그리고는 두 무릎을 가슴팍까지 굽혀 웅크리게 하고서는 발목과 두 무릎을 포승줄로 묶고, 두 무릎과 팔꿈치를 묶은 줄을 연결하고, 목뒤로 넘겨 묶인 양손과 웅크려 묶인 발목을 등 뒤로 연결하여 묶어 버리는데 그야말로 꼼짝달싹도 못 하게 사람을 묶어 버리는 것이었다. 어떻게 이렇게 사람을 묶는 방법을 생각해 내었는지 기가 막힐 정도였다.

이 상태에서 사람이 할 수 있는 것은 소리를 지르는 것뿐이었다. 그러나 그 소리도 제대로 낼 수가 없었다. 소리를 질러 보면 알겠지만 소리를 크게 지르기 위해서는 목을 길게 빼거나 뒤로 젖혀야 한다. 그런데 목을 양손이 묶인 팔꿈치 아래로 제압당해 가슴팍 쪽으로 숙인 상태에서는 큰 소리도 지를 수가 없었다. 정확한 발음도 힘들기 때문에 '우우' 하는 응얼거림 정도의 소리밖에는 낼 수가 없는 것이다.

이 상태로 한 시간은커녕 십 분도 견디기 힘들 것이라는 생각을 정우는 하였다. 번개는 이 상태로 일주일을 견디었다고 했다. 정우의 생각으로는 불가능한 일이었다. 더구나 먹방이라면 대낮에도 빛줄기 하나 들어오지 않는 캄캄한 징벌방을 말하는데, 일주일 동안 묶인 채로 칠흑 같은 먹방에 방치되어 있었다면, 그것은 사람이 아니라 짐승도 견디기 힘들었을 것이다. 거의 반죽음이라고 생각하면 될 것이다. 거기다가 소변과 대변을 묶인 상태 그대로 해결해야 한다고 상상한다면 더 이상의 언급이 무의미했다.

여기에 개밥이 등장하였다. 굶어 죽지 않게 하기 위해 밥을 가져다주는데, 밥그릇을 먹방 바닥에 두고 가면, 묶여 웅크려진 몸을 움직여 밥그릇 위로 입을 가져가 개처럼 밥을 핥아 먹어야 하는 거였다. 손과 발은 물론이고 온몸이 묶인 상태에서 가장 자유로운 것은 입술과 턱이기 때문이었다. 이것이 개밥이었다.

감방의 고민

"충-성!"

"충성! 충성!"

감방사동 복도 끝에서부터 담당 교도관들의 경례 소리가 점점 가까이 다가왔다. 저녁시간 점호였다.

"철컥! 철컥!"

각 방의 문을 반쯤 따는 소리였다. 감방 철문은 T자처럼 생긴 열쇠를 두 번 돌려야 열리는데, 한 번만 돌리면 아직 문은 잠겨 있지만 문을 쉽게 열 수 있게 되는 것이다.

주임이 순시를 할 때, 문제가 있는 방이나 불시에 점검을 해 보고 싶은 방이 있을 때, 바로 문을 열 수 있도록 자물통을 미리 따 놓는 것이다. 문 따는 소리가 지나가면 곧바로 주임의 번뜩이는 눈빛이 지나갔다. 그리고 뒤이어 '딸각! 딸각!' 하고 문을 잠그는 소리가 지나갔다.

교도소 내 모든 창문과 문은 철로 되어 있었다. 문을 열고 닫는 소리나 쇠창살에 부딪혀 나는 소리는 모두가 쇳소리였다. 교도소 내에서는 아무리 멀어도 이 쇳소리가 복도의 벽이나 쇠창살을 타고 교도소 전체로 울려 퍼졌다. 교도소를 오랫동안 다닌 번개 같은 사람은 이 소리만 듣고도 교도소 내에 무슨 일이 일어나는지를 정확하게 알아차렸다. 소리의 크기나 소리가 나는 시간에 따라서 어느 사동에서 누가 이감을 가는지, 새로 신입이 들어오는지, 면회를 가는지 등 교도소에서 나는 쇳소리는 매우 중요한 정보를 제공해 주는 것이었다.

점호가 끝나면 각 방 재소자들은 순화방송을 들었다. 모두가 열을 맞추어 앉은 자세에서 차렷 자세를 취하고 1시간 정도 앉아 있어야 했다. 주로 불교방송이나 기독교 예배방송, 클래식음악을 들려주었다.

다른 한편으로는 이 시간이 담당 교도관과 각 방장들 간의 의사소통 시간이기도 했다. 담당은 천천히 복도를 거닐며 철창을 사이에 두고 고참이나 방장들과 많은 이야기를 나누었다. 재판과정에서 예상되는 문제들에 대한 이야기부터 각 개인의 가정사 이야기까지 상당히 깊이 있는 이야기가 오갔다.

하루를 마감하기 직전 저녁시간에 조용한 음악소리나 설교방송이 나오는 가운데 나지막하게 이어지는 이들의 이야기는 색다른 분위기를 만들어 내었다. 가둔 자와 갇힌 자임에도 서로가 갖는 공감대는 의외로 높아 보였다. 담당 교도관의 근무시간은 일주일을 교대로 바뀌었다. 담당이 야근을 일주일 동안 하면 다음 주는 주간근무를 했다. 주야가 일주일을 주기로 바뀌는 것이다. 야간근무인 담당이 아침에 퇴근할 때, 때때로 재소자들의 애로사항을 해결해 주기도 하였다. 재소자 중 가족과 연락이 안 되거나 면회를 오지 않는 가족들에게 담당이 연락을 해 주기도 하고, 재판과정에서 필요한 서류를 준비해 주기도 하였다. 정우가 알고 있는 상식으로는 이해가 안 되지만 이들을 통해 정우는 세상의 이면을 조금씩 알게 되는 것 같다는 생각을 하였다.

그러면서도 낮 동안에 벌어지는 긴박한 대립관계가 밤 동안에 느슨한 유대감으로 변화하는 것을 바라보는 정우의 마음은 복잡하였다. 사람에 대한 이해랄까, 세상사에 대한 이해랄까, 정우는 자신이 평소에 가지고 있던 상식이 조금씩 무너지고 있다는 것을 느꼈다. 지금까지 정우에게 선과 악은 분명했다. 동지와 적도 분명했다. 옳은 것은 옳은 것이고 틀린 것은 틀린 것이었다. 그러나 지금 정우에게 이러한 구분이 애매해져 버렸다. 무엇이 선이고 무엇이 악인지, 누가 동지고 누가 적인지 구분이 애매해져 버린 것이다.

'동정심의 발로인가?'

정우는 혼잣말처럼 되뇌어 보았다. 은연중에 정우는 재소자들을 동지로 규정하고 교도관들을 적으로 규정하고 있었다. 그러므로 당연히 재소자는 선이고 교도관은 악이었다. 그러나 일반사회에서 본다면 재소자는 사회에서 범죄를 저지르고 교도소에 갇힌 자들이었다. 교도관은 이러한 범죄자들을 교화하기 위한 임무를 맡은 사람이었고, 누가 선이고 누가 악이겠는가? 그렇게 어려운 질문이 아님에도 정우는 답을 내리지 못했다. 물론 정우는 이들 재소자들을 옹호할 생각은 추호도 없지만 말이다. 특히 살인이나 강도, 강간 등 강력범죄를 저지른 자들에 대해서는 죄의 대가를 치러야 한다고 생각하는 편이었다. 그럼에도 정우가 느끼는 이들과의 인간적 유대감은 본능적이었다.

아마도 교도소 내에서 거대한 권력에 의해 자행되는 인격말살을 보면서 정우는 본능적으로 최소한의 인간적 대우를 요구하게 된 모양이다. 결국 인간적 대우가 없는 순화교육은 아무런 효과를 갖지 못한다는 거였다. 아무리 심오한 논리를 들이대고 현학적인 말로 사람의 마음을 흔들어도 따뜻한 말 한마디, 애정 어린 충고나 손길 하나보다도 못하다는 말이다. 통닭구이를 당한 번개가 스치듯 감추는 살기 띤 눈빛을 결코 거두어들이지 않을 것임을 너무도 잘 알게 된 정우였다.

한편으로 정우의 머릿속엔 만만치 않은 개념이 하나 정립되었다. 민중에 대한 생각이었다.

'역사를 발전시키고자 하는 사람, 그 역사의 주인이 민중이라면 그 민중은 누구인가?' 라는 생각이 정우에게는 항상 따라다녔다.

'가장 소외받고 먹고살기 어려운 사람들이 민중이다'라고 쉽게 생각할 수도 있는 문제였다.

그런데 이들이 '과연 역사의 주인으로서의 민중인가? 이들은 어디에 있는가?' 라는 의문에 부딪히면 답을 찾기가 어려웠다. 학생운동을 하면서도 항상 정우의 뇌리를 짓누르던 의문이었다. 노동자 계급을 이야기하고 농민과 도시빈민을 이야기하면서도 이러한 개념은 공허하기만 할 뿐, 정우는 도저히 이해가 되지 않았다.

정우의 부모님은 농사를 지었다. 정우의 아버지의 아버지, 또 그 아버지 때부터도 농민이었다. 정우도 고등학교를 마칠 때까지 방학이나 바쁜 농사철에는 농사일을 거들었다.

그렇다면 정우가 민중인가? 정우는 자신이 민중이라고 한 번도 생각해 본 적이 없었다. 오히려 정우는 민중을 가르치고 깨우치게 해야 할 대상으로 보고 그 일에 자신의 역할을 부여하고자 하였다.

그 민중이 어디에 있는가? 정우는 그 해답을 찾지 못하였다. 그러한 정우가 부산교도소에서 번개 방장을 만나고 고참 수감자들의 이야기를 들으면서 그 해답을 조금이나마 정리한 것이다.

"행님, 뭔 할 말 있습니꺼?"

아까부터 번개 방장의 눈치를 살피던 고참 하나가 조심스럽게 말을 끄집어내었다. 저녁점호를 끝내고 조용한 음악이 흘러나오고 있는 감방 안의 분위기는 어느 시골 사랑방 같은 분위기가 되기도 하였다. 두세 명이 모여 앉아 장기나 바둑을 두기도 하고 한쪽에서는 벽에 등을 기댄 채 소설책을 읽는 모습이 영락없는 사랑방이었다. 장기판이나 바둑판은 종이로 만들고 장기알과 바둑알은 밥알로 만들었는데 얼마나 똑같이 만들었는지 색깔까지 똑같은 바둑돌이었고 장기알이었다.

그 분위기 속에 번개 방장이 평소와는 달리 말문을 닫고 있는 것이 신경이 쓰였던 모양이다. 더구나 그동안 자신의 이야기라고는 전혀 한 적이 없는 번개 방장이 자신이 당했던 통닭구이에 대해 직접 언급한 것은 매우 이례적인 일이었다. 깡패의 세계에서 나약한 모습이나 누군가에 의해 제압당한 패자의 모습을 보이는 것은 치욕적인 일이었다. 번개 방장이 당한 통닭구이는 바로 그러한 일이었다.

"사람이 맞아 죽지는 말아야제."

"……."

평소와는 다른 번개 방장의 말투가 모두의 말문을 닫게 하였다.

"버러지도 밟으면 꿈틀한다 아이가."

"……."

"맞아 죽을 바에야 내 손으로 목을 따야제. ……그기 사람이다."

"……."

다들 꿀 먹은 벙어리가 되었다. 정우는 무언가 무서운 생각이 들었다. 비록 번개에 의해 부방장이 되었지만 감방이라고는 처음인 정우가 감옥을 제 집 드나들 듯이 드나드는 이들의 세계를 알 수는 없는 일이었다. 겉으로 보이는 모습과는 달리 정우로서는 도저히 알 수 없는 암흑가의 철칙이 있는 것처럼 보였다. 자신의 영역을 침범당하거나, 자신들만의 철칙에 위배되는 치욕을 당했을 때 이들에게 자신의 목숨 따위는 아무것도 아닌 것처럼 보였다.

"내 먼저 잘란다."

번개 방장이 감방 구석 담요 위로 등을 눕히며 말했다. 취침 시간이 되기도 전에 담요를 깔고 감방 벽 쪽으로 돌아눕는 번개 방장의 등짝이 서늘했다.

"철컥!"

다음날 꼭두새벽에 철문을 따는 소리가 들렸다.

"배정우 전방!"

정우가 갑자기 독방으로 옮겨졌다. 그동안 감방이 부족해 일반 범죄자와 정치범을 함께 수용하다가 어느 정도 법적 절차가 마무리되고 수감자 수가 줄어들면서 감방의 여유가 생겼던 모양이다. 정우는 번개 방장과 그동안 함께 지내며 정이 들었던 폭력 수감자들에게 일일이 인사를 하고 독방으로 짐을 옮겼다.

그리고 얼마 후 정우에게 번개가 죽었다는 소식이 들려왔다. 번개의 죽음 소식에 정우는 머리가 텅 비는 느낌을 받았다. 그러나 번개가 죽었다는 것 이상의 다른 내용은 아무것도 없었다.

왜 죽었는지, 언제 죽었는지, 어떻게 죽었는지조차 아무도 몰랐다. 더구나 누가 번개의 사망 소식을 전했는지조차 모를 정도로 번개의 죽음소식은 급작스런 거였다. 결국 번개가 죽었다는 소문만 무성할 뿐이었다. 정우 역시 이러한 소문 외에 번개에 대한 어떠한 내용도 알 수가 없었다.

또 다른 내용으로 번개가 무기징역이 확정되어 다른 교도소로 이감을 갔다는 소문까지 겹치면서 번개에 대한 소문은 어떤 것도 정확한 것이 없게 되어 버렸다. 하지만 그러한 소문을 확인하는 과정에서 번개가 사라지기 직전에 어떤 사건이 있었다는 것을 정우는 알게 되었다.

"놔라! 씨팔놈들아!"

저녁 식사 시간도 훨씬 지난 시간에 복도가 소란스러웠다.

"쿠당탕!"

번개가 교도관들에게 양쪽 다리를 잡힌 채 시멘트 복도 바닥 위로 질질 끌려 사동으로 들어왔다. 번개는 오전에 항소심 선고 재판을 받기 위해 법정으로 출두했다. 1심에서 무기징역형을 선고 받고 항소를 했는데 검사 역시 선고 결과에 불복해 항소를 했고 2주 전 항소재판 심리가 끝나는 날 검사는 1심 구형대로 또다시 사형을 구형하였다. 그리고 항소심 역시 1심과 마찬가지로 무기징역을 선고했던 것이다.

대부분의 재판은 2심 선고 결과로 끝이 났다. 대법원까지 3심 제도가 있으나 대법원에서는 형량을 따지는 것이 아니라 서류상으로 1, 2심에서 법률상으로 중대한 잘못이 있었는지만 따지기 때문에 번개의 무기징역은 거의 확정적이었다.

번개는 억울했다. 자신이 깡패이긴 하지만 이번처럼 황당한 경우는 처음이었다. 번개가 잡혀 온 이유는 간단했다. 범죄조직 결성으로 사회를 불안하게 한 죄였다. 감방을 수도 없이 들락거렸지만, 이번에는 잡혀 들어오기 직전까지 조용하게 아무런 말썽 없이 잘 지냈던 번개였다. 어느 날 갑자기 들이닥친 사복형사들에 의해 자신의 집에서 연행된 번개는 수사과정에서 깡패조직의 수괴가 되어 있었다. 아무리 부인해도 소용이 없었다. 비상계엄령이 선포되면서 범죄조직에 대한 일제소탕령이 내려졌고 번개와 같은 전과자들은 계엄당국의 포고령을 충족시키기에 매우 좋은 상대였기 때문이다.

항소심 선고를 받는 순간 번개는 법원 뒷문으로 돌진했다. 그러나 교도관들의 벽을 뚫고 도망을 갈 수는 없었다. 법원 지하에 있는 피고인 대기소로 끌려온 번개는 죽지 않을 만큼 두들겨 맞았다. 물론 번개는 계속해서 저항을 하였고, 이러한 번개의 행동은 어쩌면 의도적인 것이었다. 이 시기 무기징역형은 사실 죽음과 같다고 번개는 생각했다. 계엄포고령하에서 정부 당국이 추진하고 있는 깡패 소탕령으로 볼 때, 어차피 감옥에서 견디지 못하고 맞아 죽을 것이 뻔하다는 판단이었다. 이왕 목숨을 버릴 바에야 빨리 끝장을 내자는 것이었고 성공하면 살아나가는 것이고 실패하더라도 추가 범죄로 덤터기를 써 사형을 당하든지 추가징역형을 살든지 죄 없이 억울하게 징역을 산다는 생각은 지울 수가 있다는 계산이었다.

그리고 번개는 사동 내 징벌방에 일주일 정도 갇혀 있다가 어딘가로 끌려나갔다. 이후로 번개를 본 사람은 아무도 없었다. 그리고 번개가 죽었다는 소문이 돌았다. 지금까지의 이야기 역시 번개가 징벌방에 갇혀 있는 동안에 여기저기서 흘러나온 이야기들을 종합한 것에 불과했다. 이러한 이야기의 사실 확인은 불가능했다.

'나만 모르는 것인가?'

독방 뒤 조그만 구멍을 통해 하늘을 바라보며 정우가 중얼거렸다.

'그들만의 일인가?'

정우는 번개가 한 행동이 사실이든 아니든 이해하기가 힘들었다. 한편으로 지은 죄도 없이 고통을 당하며 감옥살이를 하느니 없는 죄를 만들어서라도 징역을 살겠다는 번개의 행동을 떠올린 순간, 정우는 정신이 번쩍 들 정도의 충격을 받았다.

'나와 무엇이 다른가?'

아까부터 정우는 마음속으로 계속 질문만 던지고 있었다. 최근 정우는 자신을 남과 비교하는 습관이 생겼다. 특히 너무나 이질적인 조건과 사고방식으로 살아온 번개라든지 고참 수감자들과 정우 자신을 비교하면서 공통점을 발견하고자 애를 썼다.

'그냥, 사람인 게지.'

정우는 부질없다는 생각으로 하늘을 바라보았다. 인간사는 알 수 없는 일이었다. 그중에서도 사회의 가장 소외된 곳인 감옥에서 벌어지는 인간사는 정말 알 수 없는 일이었다. 그렇다고 정우가 그러한 인간사를 정말 알고자 했던 것도 아니었다. 알 수 없는 일을 알고자 하는 것만큼 어리석은 일은 없기 때문이다.

오히려 정우는 그렇게 알고자 하는 마음속에 남겨지는 흔적을 갖고자 했던 것 같다. 회환이랄까, 번개가 처했던 사정이나 말로 다 할 수 없었을 고민을 더 알고 싶어 하지 못했다는 후회가 밀려와 정우의 마음을 애틋하게 하였다.

그러면서 정우는 조그마한 움직임을 보았다. 그것이 실효성이 있든 없든 자기 자신의 결정에 의해 이루어지는 행동을 보았던 것이다. 어처구니없을 정도로 미련한 것이지만 번개다운 방식으로 저질러 버린 행동은 정우에게 잔잔한 가슴울림을 주었다. 정우는 저항을 보았다고 생각했다. 거부할 수 있다는 것, 정우에게 민중은 그렇게 다가왔다.

가장 소외된 자들, 최소한의 인간적 대우조차 받지 못하고 억압상태에 놓여 있거나 생계수단조차 주어지지 못하고 방치

된 사람을 극빈층이라고 한다. 그들을 사회적 최저점으로 본다면, 이들을 그 최저점 이상으로 끌어 올리는 일, 그 일이 민중을 위한 일이고 그 일로 인해 되살아나는 사회적 저항의식이 민중을 만드는 것 아니겠는가?

그랬다. 민중은 존재하는 것이 아니라 만들어지는 것이었다. 스스로가 자신의 권익을 위해 저항할 때 민중이 되는 것이었다. 그 저항은 도저히 참을 수 없을 때 일어났다. 참고 견디기를 반복하고도 도저히 참을 수 없을 때가 바로 저항이 일어나는 때라는 말이다. 이후 정우는 이러한 저항을 수도 없이 목격하게 되고 자신도 그러한 저항 속에 자신의 권리를 조금씩 획득해 나갔다.

번개가 사라진 이후, 정우는 많은 생각을 하게 되면서도 때때로는 무료한 시간을 보내게 되는 경우가 많아졌다. 그리고 그 시간은 정우에게 무언가 다른 것을 요구하였다. 그것은 정우가 그동안 의도적으로 회피해 왔던 글쓰기였다. 정우는 학생운동을 시작하면서부터 글쓰기에 대해 거부감을 가졌다.

'글쓰기는 지식인의 지적유희에 불과한 것이다. 실천하지 않는 지식인의 나약한 모습일 뿐이다.'

정우는 자신만이 아니라 후배들에게까지 이러한 생각을 강요하며 거부해 왔던 일이었다. 정우 혼자가 아니라 주변 동료와 후배들에게까지 공공연하게 강요했던 이러한 정우의 생각은 절대로 변할 수 없는 것이었다.

　그러나 지금 정우에게 주어진 무료한 시간은 이러한 정우의 생각을 한꺼번에 뒤집어 버렸다. 오히려 글을 쓰고자 하는 욕구가 너무나 강렬하여 정우는 잠까지 설치며 머릿속으로 글을 다듬고 있을 정도였다. 어느 순간 정우는 독방에 홀로 남겨진 자기 자신을 바라볼 때가 있었다. 특히 늦은 오후, 이른 저녁 식사까지 끝난 감방 속에서의 고요함은 시간이 멈춘 듯 정우의 존재감조차 느껴지지 않게 하였다. 그 고요함 속에 정우는 아무것도 할 수 없는 자신을 견딜 수가 없었다.

　이러한 생각은 '아무것도 할 수 없는 것이 아니라 아무것도 하지 않는 것이 아닌가'라는 의문점으로 정우를 이끌어 내었다.

　'그래, 글을 쓰자. 무엇이든 기록을 하자.'

　정우는 그동안의 생각의 끝을 그토록 거부했던 글쓰기로 마무리 지었다. 그러나 이러한 정우의 생각은 그러한 결론과 함께 곧바로 장애에 부딪혔다. 감방 안에서는 글을 쓸 수 있는 수단이 아무것도 없었다. 종이도 없고 연필도 없었다. 감방 안에서 글을 쓴다는 것이 원천적으로 불가능했다. 정우는 허탈했다. 간혹 들리는 소문으로는 교도소 내에서 지필을 허락받는 경우가 있기는 하다고 하였다. 그러나 그것은 제법 이름깨나 있는 거물급 정치범에게 해당되는 것이었고 그것도 재판이 모두 끝난 기결수에 한해서 가능한 일이었다.

이러한 상황은 정우를 더욱더 견딜 수 없게 하였다. 자유롭게 글을 쓸 수 있었던 바깥세상에서는 글쓰기를 거부하다가 막상 글을 쓰고자 하는 이 순간에는 글을 쓸 수가 없었다.

거기에 더하여 짧은 시간이지만 번개와 함께 했던 순간들이 정우의 가슴을 먹먹하게 적시며 살아남은 자의 임무를 다하라는 메시지를 전달하는 것인 양 정우의 머릿속을 온통 채우기 시작했다. 이러한 메시지는 점점 확대되었다. 양정 15P 영창에서 부산교도소로 오기까지 하루하루가 너무나 생생하게 떠올랐다. 영철의 맑은 눈동자, 죽은 군인의 뒷모습, 중년 남자의 핏자국, 목맨 노인의 낡은 옷차림 등 이제 더는 손을 놓고 있을 수가 없었다. 방법을 찾아야 했다.

이렇게 글쓰기는 정우에게 다가왔다. 처음에는 무료했던 시간이었다. 그러나 그 무료함이 글을 꼭 써야만 하는 의무감으로 바뀌는 순간, 정우는 바빠졌다. 그리고 치밀해졌다. 현재 정우에게 주어진 글쓰기 수단은 머리뿐이기 때문이었다. 글 하나하나를 처음부터 끝까지 모두 기억해 두는 수밖에 없었다. 정우는 가능한 한 글을 단순화하여 기록으로 만들어 나갔다. 그리고 그 글들을 잊지 않기 위하여 매일 반복하여 외우며 기억하기 시작했다. 매일 이러한 기억들이 늘어갔다.

그리고 얼마 지나지 않아 정우는 새로운 방법을 찾아내었다. 독방 뒤쪽 화장실 창문턱에서 거의 다 낡은 문틀에 박혀 있는 작은 녹슨 못을 발견하였는데, 녹슨 못의 길이는 2센티미터 정도로 가운데 부분이 굽어 ㄱ 자 모양으로 되어 있었다. 정우는 그 녹슨 못의 끝을 화장실의 시멘트 바닥에 갖다 대고 뾰족하게 갈았다. 녹이 슬어 짙은 갈색인 못의 끝은 송곳처럼 날카롭게 날이 서며 은백색의 속살을 드러내었다.

정우는 이제부터 이 녹슨 못으로 글을 쓸 참이었다. 정우는 감방에 반입된 자신의 책 중에 책갈피가 두꺼운 책을 골라내었다. 날카로운 못의 끝을 종이가 찢어지지 않을 정도로 조금 무디게 갈무리를 하고서 종이에 갖다 대었다. 꾹꾹 눌러 글을 쓰자 책갈피의 여백에 글 자국이 만들어졌다. 종이를 비스듬하게 기울여 보자 글들이 나타났다. 글을 쓸 수가 있게 된 것이다. 정우는 그동안 기억해 두었던 글들을 책갈피 속여백에 적어 나갔다. 책갈피의 여백은 물론이고 글과 글 사이마다, 글의 줄 사이마다 빈틈없이 써 나갔다. 책속에 책이 하나 더 만들어졌다.

이러한 행동을 통해 정우는 자신이 실천을 하는 것이라고 여겼다. 단순한 글쓰기가 아니라 실천으로서의 글쓰기는 감방 속에서 이루어져야 한다고 생각했다. 모든 실천을 다하고서 적들에게 포로가 되어 갇힌 순간 아무것도 할 수 없는 곳에서 이루어지는 글쓰기만이 실천이라는 생각이었다. 정우에게 글쓰기는 그만큼 지독한 자아와 갈등 속에 이루어지는 것이었다.

그러나 이러한 정우의 글쓰기는 오래가지 못하였다. 재판일

정에 따라 항소심이 열리는 군사고등법원이 있는 서울로 이감을 가야 했기 때문이다. 다행히 정우가 가지고 있던 책들은 가족에게 반출이 가능했지만 글쓰기의 도구인 작은 못은 가지고 갈 수가 없었다. 온몸을 훑으며 검사를 하는 교도관의 눈길은 도저히 피할 수 없는 검열대였기 때문이다.

정우는 차가운 새벽 공기에 몸을 움츠리며 이송버스에 올랐다. 꼭두새벽, 정우는 이감을 가는 버스 속에서 글쓰기의 마침표를 찍었던 글 하나를 가만히 떠올려 보았다. 정우의 입가에 작은 미소가 번졌다.

1980년 봄의 범죄심리학

우스운 일입니다
범죄심리학인데요
논문을 쓴다나 봐요
사회악의 근원을 캐내고
정의사회 구현을 위한 것이라는데
믿기지가 않아요
양성범죄가 있답니다
음성범죄도 있고요
그러니까
감정적 노출성 폭력성은

양성범죄이고

계획적 은폐성 지능적인 것은

음성범죄래요

양성범죄보다는 음성범죄가

더 큰 문제가 되겠지요

여기서부터 우스워요

설문지를 나누어 주고는

내용에 따라 기록하랍니다

문신이 있나요

있으면 몇 개

문신의 형태는

새긴 목적은

자상(刺傷)이 있나요

있으면 몇 개

무엇으로 그랬나요

칼 유리 기타

목적은

성기(性器)에 이물질을 삽입했나요

인공적인 변형은

목적은

이상한 일이어요

문신이 있으면요

자상이 있으면요

성기를 크게 했으면요

범죄심리학이 나체연구학인가요

나무는 왜 심어요

땅은 왜 파요

품종개량은 왜 해요

좋아요

거기까지는 이해해요

총을 만드는 것은 문제가 없나요

공장폐수는요

원자력은요

이해도 못 할 내용으로 사람을 속이는

요상한 법은요

제도는요

좀 더 구체적으로 말할래요

범·죄·자라고 하는데요

판사는요

검사는요

형사는요

경찰서장은요

사장은요 재벌들 말이어요

군수는요

도지사는요

장관은요

정치인은요 제일 거짓말 잘하는 사람들요

박사는요

우스워 죽겠어요

동지들을 만나다

"14방!"

교도관이 짧게 말하며 정우를 철문 앞에 멈추게 하였다. 정우가 영등포구치소에서 생활하게 될 감방에 도착하기까지 꼬박 하루가 걸린 셈이었다. 부산에서 새벽에 출발하여 서울로 올라오는 길에 호송차는 청송교도소에 들러 재소자 몇 명을 내려 주고 올라왔다. 영등포구치소에 도착하자 다시 신원조회를 하고 본인 확인 순서를 기다리고 몇 가지 주의사항을 전달받고 하는 시간이 꽤 걸렸다. 늦은 오후가 되어서야 정우에게 방 배정이 되고 담당 교도관이 정우를 데리고 감방으로 내려온 것이다.

정우는 영등포구치소 내 복도를 걸어 내려오면서 유난히 시끄럽다는 생각을 하였다. 그야말로 왁자지껄한 시장바닥 한가운데에 있는 느낌이었다. 복도를 왕래하는 재소자들이 혼자서 이 방 저 방을 기웃거리거나 물건을 주고받고 하였다. 부산교도소에서는 상상도 할 수 없는 풍경이었다.

"안녕하시오!"

철문 안에서 누가 인사를 하였다. 교도관이 문을 열자 방 안에 있던 사람들이 정우를 반갑게 맞이했다. 방 안에는 네 사람이 있었다. 그중에서 가장 나이가 많은 사람이 반갑게 악수를 청하며 정우를 자리에 앉혔다.

"오원진이오."

"배정웁니다."

"자자, 비호하고 병열이, 재규도 인사하고 옆방에도 인사를 해야지."

정우는 생면부지의 얼굴들이지만 교도소에 갇힌 후 처음으로 인간적인 대화를 나누면서 부드러운 눈길을 주고받았다. 이들은 충남대학교 학생들이었다. 정우와 똑같이 계엄포고령 위반으로 구속되어 1심 군사재판을 받고 고등군법으로 항소하여 영등포구치소로 이감되어 지내고 있었다. 이들은 영등포구치소로 이감온 지 서너 달이 되었다고 했다.

5·17 전국비상계엄령확대 후 구속된 대부분의 대학생들은 2심 재판을 받고 청송교도소나 전국 각지의 교도소로 이감이 된 상태였다. 현재 남아 있는 사람들은 재판 기일이 늦어지면서 학생으로는 거의 마지막 수감자들이었다. 영등포구치소에서 터줏대감 노릇을 하고 있었다.

터줏대감이라고 한 것은, 군사재판은 매우 빠르게 진행되고 있어서 서너 달을 한 곳에 있기가 힘들었기 때문이다. 대부분 2개월 정도가 지나면 재판이 끝나고 석방되거나 징역형을 선고받고 이감을 갔다. 정우가 이곳 영등포구치소까지 세 번째 이감을 오는 데 3개월밖에 걸리지 않았을 정도로 군사재판은 빠르게 진행되었다.

그러므로 여기 있는 충남대학교 학생들은 고참 중의 고참인 셈이었고 그에 걸맞게 영등포구치소 내 사정을 훤하게 알고 있었다. 교도관들과도 잘 아는 사이가 되어서 구치소 내 터줏대감 노릇을 톡톡히 하고 있었다. 더욱이 영등포구치소는 전국에서 고등군법회의로 2심 재판을 받기 위해 항소한 사람들은 모두 모이는 곳이었다. 수감자들 중 수십 명 많게는 백여 명 이상의 운동권 학생들이 함께 생활하는 장소가 되다 보니 자연스럽게 공동행동을 하게 되었고 교도소 내 각종 억압적인 규제에 대해 투쟁하면서 다른 교도소보다는 자유로운 생활을 하고 있었다. 정우가 아까 감방 사동으로 들어오면서 느낀 자유로움과 시끌벅적함도 바로 이러한 투쟁의 결과였던 것이다.

정우는 우선 학생운동을 하다가 계엄포고령위반으로 구속된 사람들이 함께 모여 있는 것이 좋았다. 약 4평 정도의 방에 4명씩 배정되어 있었고 낮 동안에는 감방철문도 요구할 경우 개방되어 사동 내에서는 자유롭게 내방할 수 있었다. 정우가 갇힌 사동에는 3개 방에 대학생 4명씩이 각각 배정되어 12명이 생활하고 있었다. 거기에 정우가 추가되어 정우가 갇혀 있는 감방에는 5명이 생활하게 된 것이다. 물론 일반 재소자들이 4평 감방에 12명이 생활하는 것에 비하면 5명이 생활하기에는 충분한 크기였다.

"만나서 반갑습니다."

정우가 인사를 하자 모두가 정우를 잘 알고 있었다. 부산에서 먼저 구속되어 재판을 받고 영등포구치소로 이감을 왔던 사람들이 정우에 대한 이야기를 많이 하였고, 이맘때쯤 이감을 올 것이니 잘 보살펴 달라는 부탁까지 한 상태였다. 정우는 이곳에서 부산에서 먼저 구속된 영호의 소식을 들었다. 영등포구치소도 부산교도소와 다를 바 없이 순화교육, 소위 삼청교육을 실시했다고 하였다. 영호가 순화교육을 거부하고 구치소 내 투쟁을 주도하다가 교도관들에게 구타를 당하고 징벌방에 갇히기도 했다는 것이다.

본래부터 영호의 반항기질은 대단하였다. 불의를 보면 참지 못하고 자신에게 가해지는 폭압에 대해서는 더더욱 참지 못하는 성미였다. 당연히 자신을 제압하는 교도관들과도 난투전을 벌였을 것이고 이러한 과정에서 코뼈가 내려앉는 중상을 입었다고 했다. 그러한 사건을 계기로 다른 사람들이 함께 투쟁에 나서면서 영등포구치소 내 대학생들은 순화교육을 받지 않게 되었다고 하였다. 영호는 마침 정우가 영등포구치소로 이감오기 며칠 전에 2심 재판을 받고 군대에 강제징집되는 조건으로 석방된 상태였다.

인사가 끝나고 정우는 방 안을 둘러보았다. 감방 바닥에는 짚으로 새끼줄을 꼬아 엮은 멍석을 깔아 놓고 있었다. 서울이

춥긴 추운 모양이었다. 나무로 된 마룻바닥 위에 짚으로라도 덮어 놓으니 바닥으로부터 올라오는 한기가 차단되고 방 내의 온기를 어느 정도 머물게 하는 것 같았다.

원진 형은 두툼한 한복을 입고 있었다. 정우가 원진 형이라고 부르는 이유는 나이가 많았기 때문이다. 원진 형은 군대를 갔다 온 복학생이었다. 나이는 28살이었고 정우에게는 대선배였던 셈이다. 다른 사람들은 대학 4학년이거나 3학년으로 정우와 비슷한 또래였다.

옆방에 인사는 내일 하기로 하였다. 이미 오후시간을 넘겨 교도관에게 문을 열어 달라고 하기에는 부담이 되었던 모양이다. 감방 뒤쪽 창문을 통해 서로 인사만 하였다. 얼굴은 보지 못하고 창문을 통해 목소리로만 서로 인사를 하거나 이야기를 하는데 이것을 감방에서는 통방이라고 하였다. 옆방에는 공주사대와 충북대 학생들이 있었다. 비슷한 사회의식을 갖고 전두환에 맞서 싸우다가 구속된, 같은 대학생 신분이라는 점 때문에 쉽게 친해지는 것인지, 정우는 첫날부터 원진 형과는 형아우하는 사이가 되고 비호와 병열, 재규와는 친구가 되었다.

"배 군아!"

원진 형이 정우를 부르는 소리였다.

"그동안 어떻게 지냈는지 이야기 좀 혀 봐."

충청도 억양이 정겨웠다. 원진 형 목소리는 약간 고음이면서 부드러운 느낌을 주었다. 그날 밤 정우는 많은 이야기를 하였다. 오랜만에 마음에서 우러나오는 말을 할 수 있었다. 그동안 정우는 벙어리 아닌 벙어리로 지냈다. 그동안 정우는 자신이 행동한 일에 대해 마음을 터놓고 이야기할 수 있는 조건을 가지지 못했던 것이다. 지난해 일어났던 부마항쟁부터 부산대학교 내 서클활동 등에 대한 이야기를 들으면서 부산지역에서도 나름대로 조직화된 학생운동이 진행되고 있다는 점에 원진 형은 매우 반가워하였다. 원진 형은 충남대 학생운동의 대부격이 되는 모양이었다. 당연히 전국상황에도 관심이 많았고 전국적인 활동에 어느 정도 깊숙한 관계를 가지고 있는 것 같았다. 정우가 알고 있는 부산지역 활동가 선배들의 이름을 대부분 잘 알고 있었다.

"자, 이제 그만 자자."

원진 형이 두툼한 이불을 덮어 주었다. 정우는 처음으로 솜이불을 덮어 보았다. 지금까지는 교도소에서 지급되는 초록색 담요를 깔고 덮고 했는데 정우는 그 담요가 매우 싫었다. 먼지도 많이 나지만 살갗에 닿는 촉감이 꺼칠꺼칠해서 왠지 기분이 좋지 않았다. 오랜만에 멍석 위에 담요를 깔고 그 위에 솜이불을 덮고 누우니 마치 집에서 잠자리에 드는 듯 편안해졌다.

"배 형! 배 형!"

막 자리에 눕자마자 옆방에서 누군가 정우를 불렀다. 정우는 자리에서 일어나 창문으로 갔다.

"예, 배정웁니다."

"잘 주무세요."

"예, 고맙습니다. 잘 주무세요."

정우는 인사를 하고 다시 자리에 돌아와 누웠다. 그런데 또다시 옆방에서 정우를 불렀다. 그리고는 옆방에서 쿵쾅하는 소리가 들렸다. 잠시 소란스러운 소리가 들리더니 조용해졌다. 정우는 조금 이상한 생각이 들었지만 이감을 오면서 하루 종일 시달린 탓에 곧 깊은 잠에 들었다.

12제자의 예수

다음날 정우는 긴장된 분위기 속에 잠을 깨었다.

"담당!"

원진 형이 담당 교도관을 급하게 부르고 있었다.

"툭탁, 철컥!"

담당이 달려오는 소리가 들리고 곧 철창문이 열렸다. 문을 열자마자 원진 형이 다급하게 옆방으로 갔다.

옆방에는 정우와 같은 연배의 학생이 4명 있었다. 성이 전부 제각각으로 노 군과 최 군, 김 군, 정 군이어서 이름을 외우기도 쉬웠다.

어젯밤 정우가 왔다는 소식에 다들 반가워하며 인사를 나누었는데, 그러한 와중에 정 군이 조금 이상한 행동을 하다가 아침에 정신이 나간 듯하다는 것이다. 어젯밤에 정우를 불렀던 사람도 정 군이었다.

정 군은 공주사대 영문학과 4학년이었고 학생회장이었다. 정 군은 정우가 영등포구치소에 도착하기를 무척 기다렸다고 하였다. 부산지역 학생동지를 만난다는 설렘도 있었을 것이다. 그러나 한편, 전두환에 의한 희생자가 한 명 더 늘어난다는 강박관념의 무게를 견디지 못한 것인지, 그만 정우가 도착한 날 저녁에 정신을 놓쳐 버렸던 것이다.

정 군은 정신분열증세를 보였다. 아무도 알아보지 못하고 난폭하게 굴었다. 힘이 어찌나 센지 방 안에 있는 사람들이 모두 달려들어 붙잡아도 뿌리칠 정도였다. 결국 교도관들이 달려오고 포승줄로 양손을 꽁꽁 묶어 허리에 고정시킨 후에야 조용해졌다.

교도소에서는 보안과장까지 감방으로 내려와 정 군의 상태를 지켜보고 있었다. 원진 형은 일단 정 군을 제외한 학생들을 모두 모아 대책을 논의했다. 교도소에서는 정 군을 독방으로 감금하려 할 것이고 설사 병동으로 옮긴다고 하더라도 독방에 가둘 것이기 때문에 정 군을 자체적으로 보호하는 게 좋겠다는 의견이 모아졌다.

원진 형은 '그럼 정 군은 우리가 책임지고 간호를 한다'라는 결론을 내렸다.

그리고 보안과장과의 협의를 원진 형이 맡았다.

"정 군은 우리가 책임지겠소."

옆에서 학생들의 논의를 지켜보고 있던 보안과장에게 원진 형이 단호하게 말했다.

"안 되는데."

보안과장이 난처한 듯 얼굴을 찌푸렸다.

"우리가 교대로 정 군을 보살피는 게 정 군에게 도움이 되지 않겠소?"

원진 형은 분명한 의지로 보안과장에게 말했다. 보안과장은 곤란해하면서도 원진 형의 강력한 주장에 방법을 강구하도록 담당과 부장에게 지시를 하였다.

그날부터 학생들이 하루하루 격일로 교대를 하면서 정 군을 돌보기로 했다. 정 군의 꽁꽁 묶여 있던 손을 풀어 주었다. 그러나 정 군은 손가락 하나 꼼짝하지 않고 가만히 앉아 있었다. 아무것도 하지 않고 어린아이처럼 굴었다. 거기다가 한 번씩 발작을 할 때면 모두가 달려들어 진정을 시켜야 했다. 그러므로 정 군과 하룻밤을 같이 지내는 조는 밤에 거의 잠을 잘 수가 없었다. 식사도 옆에서 떠먹여야 하고 화장실 이용도 옆에서 돌봐야 했다. 다만 정 군이 정신분열증세로 조만간 구속 집행정지 처분이 내려질 것이기 때문에 그때까지가 문제였다. 검찰과 법원이 판단하기까지 최소한 몇 주는 걸릴 것이기 때문이었다.

"바둑판 가져와!"

정 군이 한 번씩 바둑을 두자고 하였다. 정우와 최 군이 바둑판 앞에 앉았다. 그런데 정 군이 바둑을 두는 방법은 특이했다. 정 군이 직접 바둑돌을 들고 바둑판에 놓는 것이 아니라 나무젓가락으로 바둑돌 놓을 곳을 가리키는 것이다. 그러면 정우가 바둑돌을 집어 그곳에 놓는 방식이었다.

"여기!"

하고 정 군이 바둑돌 놓을 곳을 가리키면 정우가 바둑돌을 그곳에 놓았다. 그러면 최 군이 바둑돌을 놓으면서 바둑경기는 진행되었다. 정 군은 바둑을 잘 두었다. 정신을 놓친 상태에서도 바둑은 기가 막히게 잘 두는 것이 신기할 정도였다.

"아마 5단은 될 걸?"

원진 형이 정우와 최 군이 앉아 바둑을 두는 것을 보면서 한마디 했다.

정우는 정 군이 나무젓가락으로 가리키는 곳에 바둑돌을 놓으면서 오히려 정 군에게서 바둑을 배우는 셈이 된 것이다.

정 군은 정신을 놓친 이후로 식사를 잘하지 않았다. 그런데 밥은 먹지 않으면서 귤은 잘 먹었다. 영등포구치소로 이감을 온 후로 교도소 매점을 통해 간식을 사 먹을 수가 있었는데 초겨울에 많이 생산되는 귤을 팔았다. 정 군은 이 귤을 밥 대신 먹었다. 신기한 것은 정 군이 귤을 그냥 먹지 않는다는 것이다. 귤껍질을 벗기면 과육이 얇은 막으로 싸여 나누어져 있는데, 정 군은 그 막까지 제거하고 그 속에 들어 있는 쌀알 같은 귤알갱이만을 먹었다. 정 군이 귤을 먹을 때면 정성스레 귤껍질을 벗기고 그 속에 있는 과육의 얇은 막을 벗겨 내 정 군의 입에 넣어 주어야 하였다. 정 군은 정신을 잃은 덕분에 그야말로 왕처럼 대접을 받은 것이다.

어느 날 정 군이 감방 안에 있는 학생들을 모두 호출했다.

"나는 예수다!"

정 군이 큰소리로 말하였다.

"너희들을 12제자로 임명한다!"

정 군은 자신이 실제 예수인 것처럼 학생들의 머리를 쓰다듬으며 호명까지 하였다. 그리고는 학생들을 하나하나 불러 이름을 붙여 주었다. 정우는 요한으로 임명되었다.

교도소 생활을 하면서 재소자들은 소설책을 많이 읽었다. 하루 종일 감방에 갇혀 있어야 하기 때문에 지루함을 달래기도 하고 가족이나 사회바깥에 대한 잡념을 없애기 위한 것으로는 소설책만 한 것이 없었다. 그중에서도 장편소설이 인기가 많았는데, 『최후의 유혹』이라는 소설책이 있었다. 그리스 소설가 니코스 카잔차키스가 쓴 책으로 제법 두꺼운 소설책이었다.

정 군이 정신을 놓기 전 이 소설책을 매우 재미있게 읽었던 모양이다. 소설책에서 얻은 영감인지는 모르지만 정 군은 자기 나름대로 해석한 방식으로 자신의 12제자를 임명하고 각자에게 역할을 부여했다. 주로 예수 정 군이 시키는 일은 바둑을 두거나 책을 읽어 주는 것이었다. 물론 귤을 알맹이까지 까서 입에 넣어 주는 일도 해야 하였다.

예수 정 군은 특히 책 읽는 것을 좋아했다. 예수 정 군은 가만히 앉아 있고 자기 앞에 놓인 책을 한 장 한 장 읽으면 옆에서 책장을 넘겨 주어야 하였다.

간혹 예수 정 군이 발작을 할 때가 있었지만 그 순간을 제외하고는 매우 얌전한 예수 정 군이 되어 12제자를 거느렸다. 예수 정 군은 야곱 원진 형에게 유난히 고분고분했다. 일시적으로 난폭하게 굴다가도 야곱 원진 형이 점잖게 나무라면 곧 조용해지곤 하였다.

한편으로 정우의 가슴은 아팠다. 정우는 자신이 영등포구치소로 이감 온 첫날이 정 군에게 어떻게든 영향을 준 것이라는 미안함과, 정 군을 비롯하여 구속된 대학생들의 고통이 얼마나 처절한 것인지를 이번 정 군의 일로 다시 한 번 확인하게 되었던 것이다.

구속된 학생들의 경우 신체적인 고통과 더불어 정신적인 고통이 더욱 심했다. 신체에 가해지는 군수사기관이나 경찰, 교도관들의 폭력이야 살점이 터지든 뼈가 부러지든 자신의 문제이기 때문에 스스로가 참고 헤쳐 나갈 수가 있었다.

그러나 부모님이나 가족을 생각하면 문제는 달라졌다. 대부분 시골에서 도시로 유학을 떠나온 대학생들이기 때문에 가족들이 거는 기대는 남달랐다. 자신들의 모든 것을 희생하다시피 하고서 자식을 대학으로 보냈는데 그 무서운 죄를 짓고 감방에 갇혔으니 얼마나 억장이 무너지겠는가? 구속된 학생들 역시 이러한 가족의 마음을 감당하기가 벅찼다.

이에 더하여 구속된 학생들의 전두환에 대한 분노는 말로다 표현할 수 없을 정도였다. 독재자 박정희가 죽자 일시적으로 찾아온 학원민주화 바람은 학생들에게 많은 희망을 품게 하였다. 스스로 무언가를 할 수 있다는 자신감 속에 자율적인 총학생회를 구성하고 민주시민운동과의 연대활동을 모색하면서 새로운 사회에 대한 희망을 만들어 나가는 순간이었다. 그러나 그 순간은 7개월도 지속되지 못하고 끝나 버린 것이다.

10월 26일 유신독재자 박정희가 총에 맞아 죽었는데도 그보다 더한 전두환이 나타나 박정희가 죽은 지 7개월도 되기 전에 5월 18일 광주시민 학살을 시작으로 무고한 일반시민과 학생들에게 들짐승을 때려잡듯이 무지막지한 폭력을 휘둘렀던 것이다.

유신독재자 박정희가 악마라면 유신망령 전두환은 악귀나찰이었다. 정 군이 미치지 않고 지금까지 버틴 것이 오히려 더 이상하다고 해야 할 것이다. 물론 다른 사람들도 마찬가지였다. 이 시대에 미치지 않고 온전한 마음으로 하루하루를 살아갈 수 있는 사람이 몇 명이나 되겠는가? 정우는 그 아픈 가슴으로 정 군을 극진히 보살폈다.

"하나, 둘, 셋."

정 군이 밥알을 정성스레 고르며 수를 세고 있었다. 정 군은 나무젓가락 한 짝을 항상 한 손에 들고 있었다. 젓가락 맨 끝을 엄지손가락과 집게손가락으로 잡고 모든 일을 주관했다. 바둑을 두거나 책을 읽을 때는 물론이고 누군가에게 지시를 할 때도 젓가락을 사용하였다. 마치 오케스트라 지휘자처럼 능숙하게 젓가락을 움직였다. 마침 정 군이 식사시간에 맞추어 함께 자리를 하면서 자기 앞에 놓인 밥알을 감방 바닥 멍석 위에 펼쳐 놓고 젓가락으로 하나하나 나누고 있는 것이다.

감방에 배급되는 밥은 덩어리로 만들어져 나왔다. 그 밥 덩어리는 어시장에서 사용하는 것과 비슷한 나무상자 판에 밥덩어리가 1인분씩 찍혀 담겨 있었다. 배급하기도 쉬워서 밥을 배달하는 소지들이 한 손으로 밥덩어리를 집어 식구통 안으로 던지면 안에서 그릇으로 받아 내면 되었다.

여기서 말하는 소지는 만기출소일이 거의 다 된 재소자 중에서 모범수들을 골라 사동에 배치하여 심부름을 하거나 식사 배급하는 일을 하는 재소자를 부르는 명칭이다. 밥덩어리 모양은 원추형으로 옆에서 보면 위가 잘린 사다리꼴 모양이었다. 밥 한 덩어리를 그릇에 담으면 딱 맞춤형으로 들어갔다. 밥은 물론 거의 꽁보리밥이기 때문에 찰기가 없어 젓가락으로 집으면 잘 흩어졌다. 정 군이 젓가락으로 밥알을 나눌 수 있었던 것도 이 때문이었다.

"우당탕!"

갑자기 정 군이 옆에 있는 국그릇을 발로 차서 엎어 버렸다.

"나를 숭배하라, 내가 너희들에게 나의 살점을 나누고 피를 줄 것이니 그것이 곧 생명이니라. 생명의 떡을 나누어 영생의 길로 나아가라."

정 군은 예수 정 군이 되어 근엄하게 말하였다. 마침 정우가 올려다본 정 군의 얼굴이 예수와 흡사하였다. 정 군은 매우 잘생긴 얼굴이었다. 얼굴의 윤곽이 뚜렷하고 길쭉한 턱선을 따라 턱 아래로 구레나룻까지 있어 창백하기까지 한 정 군의 얼굴은 충분히 예수를 담고도 남을 만하였다. 12제자들이 한 명씩 예수 정 군의 앞으로 나아가 예수 정 군이 젓가락으로 나누어 놓은 밥알을 하나씩 주워들고 나왔다. 요한 정우도 밥알을 하나 주워 입에 넣었다. 밥알이 뭉클하고 입 속에서 구르며 이빨 사이로 짓눌려져 씹혔다. 보리밥 밥알 하나를 정우가 정성껏 씹어 삼켰다. 예수 정 군의 눈빛이 강렬했다. 그 눈빛 속으로 정우의 마음이 녹아들었다.

"요한! 그대는 나를 믿는가?"

얼떨결에 정우는 숟가락을 놓고 정 군을 올려다보았다.

"나를 믿는가?"

예수 정 군이 정우를 내려다보며 다시 말하였다. 정우는 마음속으로 '그대의 무엇을 믿어야 하는가?'라는 대답이 떠올랐지만 부질없는 생각이라 치부하며 정 군을 가만히 바라볼 뿐이었다.

"나는 포도나무요 그대는 가지니라. 내 아버지 농부가 과실 맺는 가지는 더욱 깨끗이 하시고 과실을 맺지 못하는 가지는 낫으로 쳐서 제해 버리실 것이니, 그대는 내 안에 있으면서 나를 믿어라."

마치 정우의 생각을 꿰뚫어 보는 듯 예수 정 군이 말했다.

"나를 떠나서는 그대가 아무것도 할 수 없음이라."

예수 정 군이 혼자서 중얼거리며 피곤한 듯 감방 구석자리로 가서 누웠다. 원진 형이 정 군에게 이불을 덮어 주었다. 모두가 말이 없었다. 정 군이 걷어차 엎지른 국그릇을 치우고 방청소를 했다. 정우는 그나마 예수 정 군이 이 정도로 잠이 들며 하루를 마무리 해 준 것이 다행이라는 생각을 하며 취침 준비를 하였다.

저녁 식사를 마치고 수면에 들기 전까지가 교도소에서는 가장 한가로운 시간이었다. 감방생활도 낮 시간 동안은 의외로 바빴다. 아침에 일어나면 이불과 담요를 개고 방청소에다가 세면, 아침 식사와 설거지까지 하고 나면 거의 오전나절이 다 가 버렸다. 가족이나 지인들이 면회라도 오면 그날은 하루 시간이 다 지나간다고 보면 되었다. 매일 하는 운동시간도 놓칠 때가 종종 있을 정도였다. 면회가 없더라도 개인적인 일처리로 편지를 쓰거나 책을 구입하는 일, 매점을 통한 물품구입 등 사전에 머릿속에 어느 정도 계획을 세우지 않으면 안 될 정도로 바쁜 게 감방생활의 하루였다. 오후에 이른 저녁 식사를 마치고 나면 이러한 일상 업무가 모두 끝나고 자신만의 시간이 났다. 각자 감방 안에서 자기 시간을 갖는 것이다.

그래서 정우는 이 시간이 가장 자유로웠다. 정우는 버릇처럼 많은 상상을 하곤 했다. 상상 속에서는 무엇이든 할 수 있기 때문이었다. 상상 속에서는 바깥나들이도 할 수 있고 만나고 싶은 사람도 만나 볼 수가 있었다. 정우는 오늘 예수 정 군을 만나고 있었다. 감방 속의 정 군은 구석진 방바닥에서 이불을 뒤집어 쓴 채 깊은 잠에 빠져 있었다.

"국을 엎지른 이유가 무엇입니까?"

"내 집을 나가라는 뜻이다."

"우리를 쫓아내려는 것입니까?"

"그렇다."

"어째서 이곳이 '내 집이라 하시며' 쫓아내는 이유는 또 무엇입니까?"

"여기는 네 있을 곳이 아니니 쫓아내는 것이고, 너희들의 죄 사함을 이루고자 나의 죄를 물어 이곳을 나의 무덤으로 삼고자 함이니 곧 내 집이니라."

"나를 떠나서는 아무것도 할 수 없다면서 쫓아내는 연유는 무엇입니까?"

"네가 곧 나이기 때문이니라."

정우의 생각 저편으로 희미한 영상이 떠올랐다. 예루살렘 성전 앞에서 장사치들을 내쫓으며, 소와 양과 비둘기를 돌려보내고 돈 바꾸는 상인들의 상을 뒤집어엎으며 '내 아버지의 집을 장사하는 집으로 만들지 말라'고 외치는 예수 정 군이 보였다. 아니, 지금의 예수 정 군은 예루살렘의 예수와 달랐다. 예수가 장사치들을 내쫓은 이유가 자기 아버지의 집을 깨끗이 하기 위한 것이었다면, 정 군은 거꾸로 내쫓는 자들을 자유롭게 하기 위해서였다. 갇힌 자들을 내쫓아 자유인으로 만들고 정 군 자신이 더러운 감방을 지키며 죄를 달게 받겠다는 것이다.

정우는 본래 종교를 갖고 있지 않았다. 정우는 어릴 때부터 할아버지와 아버지대로 이어지며 지내는 제사를 집안의 가장 중요한 행사로 알고 자랐다. 중학교까지를 시골에서 다니고 고등학교를 도시에서 다녔으나 기독교나 그 외 종교를 접해 볼 수 있는 기회는 전혀 없었다. 대학을 들어와 처음으로 접해 본 것이 기독교였으나 그것도 신앙으로 접한 것이 아니라 반정부 집회나 시국강연회에 참석하기 위해 몰래 교회에 간 것이 전부였다. 그러한 정우에게 정 군이 하는 행동은 어쩌면 생소한 것이었다. 그럼에도 정우는 정 군의 말들이 낯설지가 않았다. 자신을 희생하고자 하는 마음, 그 희생으로 남을 구하고자 하는 마음, 그 마음이란 아낌없이 주는 사랑, 어머니의 사랑 같은 것이었다. 정우는 이미 그런 사랑을 알고 있었다. 정우의 어머니가 그랬다. 정우의 머릿속으로 떠오르는 영상을 따라 예수 정 군이 하얗게 미소를 지었다. 그 미소를 따라 온통 세상이 하얗게 변해 버렸다.

"쿠당탕"

정우는 텅 빈 것 같은 머릿속으로 어지럼증을 느끼며 소란스러운 소리에 잠을 깨었다.

"배 군아, 담요 좀 가져와라."

원진 형이 화장실 문을 가로막고 다급하게 소리쳤다. 화장실 안에서 누군가가 문을 박차고 있었다. 옆에서 최 군과 재규가 황급히 일어나 담요를 정우에게 주었다. 정우가 담요를 원진 형에게 건네주며 화장실 안을 들여다보았다. 정 군이 벌거벗은 상태로 화장실을 차지하고 있었다. 완전히 나체가 된 정 군은 십자가에 못이 박힌 모습처럼 양손을 펼치고 두 다리를 모은 채로 화장실 벽에 기대어 서 있었다. 원진 형이 화장실 문을 열려고 하자 정 군이 발로 차며 원진 형을 못 들어오게 하고 있었다.

정우는 원진 형을 도와 겨우 화장실문을 열고 정 군을 담요로 감싸 화장실 밖으로 끄집어내었다. 정 군이 덜덜 떨고 있었다. 정 군의 온몸이 시퍼렇게 얼어 있었다. 원진 형이 정 군의 얼음처럼 차가운 몸뚱이를 담요로 감싸고 꼭 껴안으며 정 군의 몸에 온기를 불어넣으려고 애를 썼다.

'언제부터 저렇게 벌거벗고 화장실에 있었기에 온몸이 꽁꽁 얼어 버린 걸까?'

정우는 당황스러운 마음에 정 군의 손과 발을 정신없이 주물렀다. 정 군의 입술이 시퍼렇게 부딪혀 떨리며 차가운 숨을 내쉬고 있었다.

영등포구치소의 감방 온도는 영하로 떨어진 지 오래였다. 유난히 추운 겨울 날씨에 감방사동 바깥에는 하얀 눈이 녹지 않고 쌓여 있었다. 운동장 곳곳에 치운 눈을 모아 무덤처럼 쌓아 놓았을 정도였다.

감방 화장실의 온도는 감방 안과는 달리 바깥온도와 거의 같았다. 화장실 냄새를 없애기 위해 화장실 뒷벽에 사람 머리가 안 들어갈 정도의 작은 구멍이 달려 있어 바깥 공기가 항상 들락거렸기 때문이다. 그러나 감방 안은 화장실 문이 비닐로 차단되어 있어 감방 안의 온기를 어느 정도 막아 주었다. 그럼에도 감방 안의 온도가 영하인데 화장실의 온도는 어떠했겠는가? 이날 이후 정 군이 앓아누웠다. 열이 펄펄 나면서 심하게 앓았다. 원진 형은 교도소 보안과장에게 정 군의 구속집행정지 처분을 시급히 요구했다. 정신분열증의 경우 빨리 치료하지 않으면 영영 정신을 잃어버릴 수도 있는 일이었다.

정 군이 꾸는 꿈

"정 군아, 무슨 책을 그렇게 열심히 읽고 있니?"

"아, 형이세요?"

정 군은 감방 문을 열고 들어서는 원진의 물음에 엉뚱하게 인사부터 했다.

"최후의 유혹이예요. 그리스 작가 니코스 카잔차키스가 쓴 소설인데 재밌네요."

그러면서 정 군은 소설책을 원진에게 보여 주었다. 원진은 책을 받아들고 책 페이지를 쭉 훑어보며 말했다.

"방금 부산 학생동지가 이감을 왔다고 하는구나."

"배정우요?"

"그래."

정 군은 얼마 전 이감을 간 부산학생 영호에게 정우의 이야기를 듣고 이제나 저제나 기다리고 있었는데, 드디어 배정우가 영등포구치소로 이감을 왔다는 말에 즐거운 표정을 지었다.

"언제 방으로 배치되나요? 우리 사동으로 오겠지요?"

"그래, 이제 남아 있는 학생들은 우리뿐이니까 이곳으로 올 거야."

원진은 정 군의 옆방에 수감되어 있었다. 원래 각 방은 철문으로 굳게 잠겨 있었지만 원진은 감방을 자유롭게 드나들었다.

그동안 학생들의 교도소 개선투쟁이 지속적으로 일어나면서 담당 교도관이 자신의 통제범위 안에서는 학생들의 만남을 자유롭게 해 주었다. 그것이 사동 내에서는 감방 문을 거의 열어 놓다시피하고 있었다. 물론 이러한 대가로 학생들 역시 교도소 측에 무리하지 않은 범위 내에서는 최대한 협조를 해 주고 있었다.

교도소 측은 일상적으로 많은 문제점을 가지고 있었다. 재소자들에게 제공되는 각종 음식과 물품들은 문제가 많았다. 밥의 양이 적거나 부실한 반찬이 제공되기도 하고, 지급되는 옷의 실밥이 뜯어지거나 치수가 맞지 않은 옷이 지급되기도 하였다. 교도소 내에서는 이러한 문제에 대해 일상적인 투쟁을 할 수밖에 없는데, 그러한 투쟁이 극단적인 투쟁으로 치닫기 전 대화를 통해 조정해 나가는 것이 매우 중요했다. 원진은 이러한 역할의 중심에 있었던 것이다.

이렇게 배정우가 오전에 도착했다는 소식을 들었는데 오전을 넘기고 오후 내내 기다려도 배정우는 오지 않았다.

"14방!"

저녁 식사가 다 끝나고 휴식시간도 거의 지나갈 무렵 옆방 복도 앞에서 교도관이 문을 따며 소리를 질렀다.

'드디어 도착했는가 보다' 하고 정 군은 반가운 마음에 감방 철문으로 다가가 복도를 내다보았다. 그러나 배정우는 이미 옆방으로 들어가 버린 상태였다. 정 군은 옆방에서 인사가 끝나기를 기다려 화장실 뒤편 창문을 통해 인사를 하기로 하였다.

"허억!"

철문에서 떨어져 김 군의 옆자리로 앉는 순간 정 군은 어지러운 느낌이 들었다. 최근 정 군은 한 번씩 두통이 일어날 때가 있었다. 두통이 일어날 때면 어지러움도 같이 일어났다.

"괜찮아?"

옆에서 김 군이 걱정스럽게 물었다.

"으응, 조금 있으면 나아질 거야."

잠시 머리를 떨어뜨리며 있다가 정 군이 어깨를 추스르고 웃으며 말했다. 그리고 정 군의 눈앞으로 하얀 비둘기 한 마리가 날아갔다.

정 군이 초록빛 풀밭에 서 있었다.

"여기가 어디지?"

정 군은 조금 전 감방 철문을 잡았던 자신의 손을 허공으로 휘저으며 무언가를 잡을 듯하다가 어리둥절한 표정을 지었다. 상큼한 바람이 정 군의 코끝을 지나갔다. 온통 초록빛으로 덮인 들판 한가운데에 정 군이 서 있었다. 저 멀리 지평선이 보이고 그 지평선 너머 빙 둘러 하얀 산봉우리 두 개가 대각선으로 마주보며 우뚝 솟아올라 빛을 발하고 있었다. 정 군 선 자리 바로 옆으로 풀밭을 헤치고 들길이 나 있었다. 그 들길에 초록빛 잔디가 촘촘히 깔려 있고 간혹 조그만 차돌멩이 부스러기들이 들길을 단단하게 다지고 있었다. 길을 떠나는 나그네의 발길은 물론이고 소달구지의 쿵덕거리는 진동조차 담아 낼 정도의 튼튼한 들길이었다. 그 들길로 정 군이 걷고 있었다.

"어디로 가십니까?"

갑자기 나타난 듯한 사내 한 명이 마주 걸어오며 정 군에게 말을 걸었다.

그러나 정 군은 사내의 물음에 답하기보다는,

"이 길 끝에는 무엇이 있지요?"

하고 자신도 모르게 질문을 던져 버렸다. 사내가 아무런 표정 없는 얼굴로 정 군의 눈을 쳐다보았다.

"아, 내가 기다리는 사람이 있는데, 아직 오지 않아 마중을 나가는 중입니다."

정 군은 그제야 사내의 물음이 기억난 듯 사내의 등 뒤 지평선으로 눈길을 주며 부드럽게 말을 건네었다. 정 군의 말을 듣는 순간 사내의 눈빛이 서늘하게 가라앉았다.

"아마도 기다리는 사람은 올 수 없을 겁니다."

고개를 숙여 땅을 바라보는 사내의 목소리가 떨리고 있었다. 정 군이 새삼스럽게 바라본 사내의 모습은 피투성이였다. 적삼 차림으로 무명옷을 입었는데, 오래되어 색이 바랜 듯 누렇게 찌든 옷 위로 붉은색 핏빛이 군데군데 묻어 있는 것이다.

정 군은 가슴이 덜컥 내려앉았다.

"반드시 만나야 할 사람인데……."

말끝을 흐리며 정 군은 사내의 입을 바라보았다. 무언가를 기대하듯 바라보는 정 군의 눈길을 피하며 사내는 빠른 걸음으로 정 군을 스쳐 지나가 버렸다. 정 군이 멍하게 서 있다가 멀어져 가는 사내의 뒷모습을 뒤돌아보며 소리쳤다.

"이보시오! 당신 도망가는 거요?"

정 군의 외침에 사내는 더욱 빠른 걸음으로 정 군이 걸어온 길을 따라 사라져 버렸다.

"탕탕탕탕!"

지평선 너머에서 총성이 울렸다. 갑자기 수많은 사람들이 떼로 몰려오며 정 군의 옆을 도망치듯 스쳐 지나갔다.

"정 군아 여기서 뭐하니?"

원진 형이었다.

"배정우를 기다리는데……."

정 군의 말이 끝나기도 전에 원진 형이 급하게 정 군의 손을 잡아끌었다.

"여기 있다가는 잡힌다."

길섶으로 데려가는 원진 형의 숨이 가빴다. 토하듯 몰아

쉬는 원진 형의 숨결 속에 비린내가 묻어났다. 피 냄새였다. 원진 형의 가슴에서 피가 흘러내리고 있었다. 정 군은 쓰러지듯 드러눕는 원진 형을 가슴으로 받아 안으며 길가 풀섶 속으로 넘어졌다.

"저기 있다. 잡아라!"

풀섶 사이로 비치는 들길을 군인들이 달려가고 있었다. 뽀얀 흙먼지를 일으키며 검은색 군홧발을 질서 있게 발맞추며 끝도 없는 대열이 지나가고 있었다. 정 군은 원진 형을 안은 채 풀섶 속에 숨어 있었다.

"형! 괜찮아요?"

군인들의 총 끝에 달린 뾰족한 칼이 햇빛에 번쩍거리며 저 멀리 사라져 가자 정 군이 원진 형을 바라보며 말했다. 원진 형은 얼굴이 하얗게 변하면서 가쁜 숨을 몰아쉬며 정신을 잃어가고 있었다.

"형! 원진 형!"

정 군은 다급하게 원진 형의 몸을 흔들며 원진 형의 정신을 깨우려 애를 썼다. 원진 형이 정 군의 손을 꼬옥 잡았다. 따스한 체온이 정 군의 몸속으로 전해졌다.

"이 길을 따라 가거라……."

들릴 듯 말 듯 말을 하고는 무언가 말을 더할 듯 원진 형의 입술이 움직였다. 그러나 그뿐이었다. 축 늘어진 원진 형의 육신은 더 이상 움직이지 않았다.

꿈결인 듯 원진의 눈앞으로 거대한 함성이 들리고 있었다. 충남대 투쟁은 해를 넘기고 있었다. 지난해 부산에서 일어난 10월 항쟁으로 박정희가 총에 맞아 죽고 난 후 대학생들의 투쟁은 더욱 격렬하게 전개되고 있었다. 충남대 학생들도 11월 시국선언을 시작으로 계엄해제를 본격적으로 요구하면서 원진의 활동도 바빠졌다.

"우리 사회의 문제는 세 가지다."

친구 C가 열변을 토했다.

"근대사회로 넘어오면서 남겨진 지주소작제도는 봉건사회의 잔재로 근대사회를 건설하는 데 커다란 방해요인이 되고 있다. 시급히 이를 타파하고 자본과 노동의 계급대립의 관점에서 우리 사회를 정의해 나갈 때 올바른 사회를 만들 수가 있다."

친구 C의 이론은 명쾌했다.

"특히 지주소작제도에서 나타나는 주인과 머슴이라는 불평등한 인간관계는 바로 봉건잔재로써의 반상신분제가 관념적으로는 아직도 존재한다는 것을 증명하는 것이다. 양반이니 상놈이니 하면서 국민의 마음을 둘로 갈라놓아서야 어디 문명화된 근대사회라고 할 수 있겠는가? 그러나 이보다 더욱 심각한 문제가 따로 있다. 그것이 바로 오늘 내가 말하고자 하는 내용이다. 그것은 다음 세 가지다."

논리정연하면서도 사람의 마음을 움직이게 하는 열정이 친구 C의 장점이었다.

"세 가지 문제는 바로 친일잔재 청산과 군사독재잔재 청산, 분단된 조국의 통일이다. 모든 것에 앞서 이 세 가지 문제가 해결되지 않는 한 우리 민중을 한마음으로 단결시킬 수가 없다. 일제치하 40년 동안 일본에 빌붙어 호의호식하며 백성을 짓밟았던 친일파들을 처단하지 않고 어떻게 민중의 단결을 호소하겠는가? 해방 이후 미군정과 18년 박정희 군사독재정권을 합하여 30여 년 동안 자행된 폭력적이고 반민주적인 행위 역시 이러한 궤적을 따르고 있다고 나는 생각한다. 분단된 지 34년이 지난 지금 조국 통일의 과제는 무엇보다 시급한 문제이다. 이미 30여 년이라는 한 세대가 지난 시점에서 하나된 민족으로 살아가지 못한다면 이후 우리 민족은 영토의 분단만이 아니라 민족혼과 정신마저 두 개로 분단된 타민족, 이민족이 되어 버릴 것이다."

원진은 스터디 그룹에 참가할 때마다 벅찬 감동을 느꼈다. 특히 후배들의 눈이 반짝거리며 새로운 지식을 정립해 나갈 때면 원진의 가슴속으로 불기둥이 하나씩 쌓여 갔다. 이렇게 원진은 밤이면 친구 C와 함께 후배들을 만나 함께 학습을 하고 낮에는 학생회 조직화와 학내시위를 이끌었다.

"계엄해제! 독재타도!"

3월부터 대학이 개학하면서 어수선한 분위기가 지속되었

다. 대학 내 사복경찰들의 감시는 더욱 노골화되었고 들려오는 소식은 전두환 보안사령관의 정권탈취 야욕 속에 민주인사 탄압과 박정희 유신망령의 부활이었다.

원진은 4월 충남대 총학생회장에 당선되었다. 지난해 박정희가 죽고 유신정권이 종말을 고하면서 정부당국은 학생들의 반항을 잠재우고 사회민주화를 추진한다는 명목으로 그동안 군사조직처럼 운영하던 학도호국단을 폐지했는데, 학도호국단을 폐지하자마자 학생들은 스스로 학생회 조직을 만들어 학원자율화를 이루어 가고 있었던 것이다. 원진은 총학생회장에 당선되자마자 충남대학뿐만 아니라 대전지역 대학과 공주대 등 충청지역 대학들과 함께 하는 공동투쟁을 조직해 나갔다. 그리고 4월 중순부터 매일같이 학내시위와 가두시위를 벌이며 유신망령으로 다가오는 전두환 보안사령관의 정권탈취를 막기 위해 투쟁을 전개하였다. 그러다가 5월 2일 원진은 가두시위 중에 학생들과 함께 경찰에 연행되었던 것이다.

"전두환 버러지 같은 새끼 밟아 죽이자라고 말했습니다."

함께 연행되었던 후배인 비호의 목소리가 법정 안을 쩌렁쩌렁 울렸다.

"계엄해제라는 구호를 하였는가?"라는 판사의 심문에,

"계엄해제라는 말은 안 했고 전두환 버러지 같은 새끼 밟아 죽이자라고 말했다"라는 한술 더 뜬 비호의 당당한 발언에 재판장이 말문을 닫았다. 원진은 비호의 말을 들으며 지난해 김

재규가 총을 쏘며 "이 버러지 같은 놈"이라는 말을 했다는 신문보도가 생각났다.

"와-"

힘찬 함성의 물결이 원진의 눈동자 속으로 들어왔다. 포승줄에 묶여 감옥으로 향하는 원진의 등 뒤로 구름처럼 학생들이 모여들고 있었다.

"전두환은 물러가라!"

비호의 우렁찬 목소리가 들려왔다. 온몸이 꽁꽁 묶인 상태인데도 비호는 교도관의 제지를 뿌리치며 구호를 외쳐 댔다.

"계엄해제!"

학생들이 비호를 뒤따르며 구호를 외쳤다.

"원진 형!"

그 학생들 속에서 정 군이 달려오며 원진을 부르고 있었다. 원진은 정 군의 부름에 뒤돌아보았으나 정 군은 자꾸만 멀어져 갔다. 아득히 멀어져 가는 정 군과 함께 원진의 눈앞 세상이 하얗게 변해 버렸다.

'정 군아, 너는 살아남아야 한다. 끝까지 살아남아 우리의 투쟁을 이어 가야 한다.'

원진은 멀어져 가는 정 군을 향해 큰 소리로 외쳐 보지만 원진의 목소리는 잦아들며 아무런 소리도 나오지 않았다.

눈물처럼 가냘픈 손길이었다. 정 군은 잡고 있던 원진 형의 손에서 일순간 경련이 일어나며 축 늘어지면서 힘이 빠져나가는 것을 느꼈다. 정 군은 원진 형의 손을 꼭 쥐며 하늘을 우러러보았다. 정 군의 가슴속으로 분노가 치솟았다.

"원진 형!"

정 군이 원진 형의 몸을 흔들었다.

"엉엉!"

정 군은 원진 형의 주검을 곁에 두고 울부짖었다.

"후다닥!"

급하게 달려나가는 발자국 소리가 정 군의 등 뒤로 지나갔다. 풀섶 사이로 비치는 황톳길 위로 뽀얀 먼지가 자욱하게 피어올랐다. 정 군은 원진 형의 주검을 조심스럽게 내려놓으며 길가로 나섰다.

"함께 갑시다!"

한 무리의 청년들이 내달리며 정 군의 손을 잡아끌었다. 정 군은 자신도 모르게 대열에 합류하며 달려나갔다. 잠시 뒤돌아 풀섶을 바라보는 정 군의 눈빛이 어느새 멈춘 눈물자국을 흙먼지에 씻으며 새로운 결의로 번득이고 있었다.

"어디서 오는 길입니까?"

"우리가 조금 늦었지요? 부산에서 오는 길입니다."

"늦었다니? 그러면 다른 사람들도 있습니까?"

"아! 몰랐습니까? 조선팔도, 아니 남한의 전체 민중이 모두 들고 일어나 악귀나찰을 잡으러 가는 중이지 않습니까?"

"그러면 조금 전 흙먼지는?"

"먼저 지나간 대구 동지들입니다."

숨이 턱에까지 차올라 '헉헉'거리는 정 군의 목소리와는 달리 부산 청년은 시원시원하게 말을 하며 씩씩하게 달려나갔다. 그가 든 하얀 깃발이 바람에 힘차게 펄럭였다. 하얀 깃발 곳곳에 묻어 있던 핏자국이 햇빛을 받아 선분홍빛으로 빛나고 있었다.

"와!"

정 군이 내달려 올라간 언덕 너머로 구름처럼 몰려 달리는 군중의 함성이 지축을 흔들고 있었다. 그 함성 너머로 하얀 산봉우리가 정 군의 눈앞으로 다가왔다. 하얀 산봉우리와 함께 정 군의 몸이 붕 뜨며 눈이 부실 정도로 새하얀 하늘 속으로 빨려 들어갔다. 정 군은 정신이 혼미해지며 눈을 감았다.

영호의 면회

"배정우, 면회!"

담당이 철창문을 열자 면회담당 부장이 철문 앞에 서 있었다. 정우는 오랜만에 감방사동을 벗어나 면회실로 향했다.

정우는 집이 부산이라 가족이 면회를 오기가 힘들었다. 부산에서 서울까지 면회를 오기 위해서는 이틀이 걸리는데, 그것도 면회시간에 맞추어 아침 일찍 교도소에 도착해 면회신청을 하기 위해서는 전날 저녁에 서울에 도착해야 했다.

더구나 하룻밤을 영등포구치소 부근에서 숙박을 하고도 주어지는 면회시간은 10분 정도에 불과하였다. 그 짧은 면회시간을 위해 소요되는 시간이 이틀인 셈이다.

면회신청을 하더라도 기다리는 사람이 많으면 오전이 거의 다 지나가고 나서야 차례가 왔다. 면회를 마치면 이것저것 뒤치다꺼리로 입던 옷이나 다 읽은 책을 찾아가는데 그 시간이 만만치 않았다. 이래저래 하루 종일 시간을 다 보낼 수밖에 없는 거였다. 그래서 정우는 가족에게 면회를 자주 오지 않아도 된다는 말을 하지만 가족들의 마음은 그렇지 못한 모양이다.

아마도 부모님일 것이라는 생각을 하고 정우는 면회실로 들어
갔다.

"형!"

영호가 면회실 유리창 저편에서 정우를 불렀다. 정우의 어
머니가 옆에서 웃고 있었다.

"잘 지내요?"

"응, 잘 지내."

"원진 형도 잘 있지요? 다른 사람들에게도 인사 전해 주이
소."

"그래."

짧게 인사부터 먼저 하였다. 정우는 지난 5월에 구속된 후
7개월 만에 처음으로 영호의 얼굴을 보았다. 정말 반가운 얼
굴이었다. 물론 정우는 영등포구치소로 이감을 오자마자 영호
가 석방되어 출소했다는 소식은 들어 알고 있었다.

"나, 군대 갑니다."

영호가 생뚱맞게 한마디 하였다.

"언제?"

"다음 주에 갑니다."

다음 주라면 12월 말인데 한참 추울 때에 고생하겠다는 생
각을 하며 정우가 영호의 얼굴을 바라보았다. 영호의 얼굴은
말끔했다. 계엄군에 잡혀 얼굴을 알아볼 수 없을 정도로 피투
성이로 얻어터졌다는 소문을 들었던 정우는 영호의 얼굴이 정

상인 것에 안도했다. 약간 살이 오른 듯한 영호의 얼굴은 매우 건강해 보였다. 약간 비뚤어진 듯한 입꼬리 부근의 턱이 조금 부어 보이는 것 말고는 괜찮아 보였다.

영호는 항소심 군사재판에서 군대에 간다는 조건으로 선고유예를 받고 출소를 하였다. 전두환 군사법원은 대학생 구속자들이 너무 많아지자 군 입대를 조건으로 반성문을 요구하고 무죄판결 형식의 선고유예를 하여 군 입대를 시키고 있었다. 일명 강제징집을 당하는 것인데, 이 경우 군대에서도 요주의 인물이 되어 철저한 감시와 함께 상급자에게 따돌림과 괴롭힘을 당한다는 소문을 정우는 듣고 있었다.

"고생할건데."

"괜찮습니다."

영호가 씩씩하게 말했다. 영호는 매사에 적극적이었다. 어려운 일이 있어도 시원시원하게 대처해 나가는 스타일이었다. 정우는 한편으로 마음이 아프면서도 영호의 시원한 대답에 안심을 했다.

어머니와의 대화는 안부를 묻는 수준이었다. 사실 교도소 면회실에서는 할 이야기가 별로 없었다. 영화나 드라마에서 간혹 방영되는 교도소에 갇힌 죄수와 가족이 면회하는 장면과는 많이 다르다.

면회실 안에는 담당 교도관이 재소자 바로 뒤 책상에 앉아 면회하면서 주고받는 내용을 모두 기록하고 있기 때문에, 이런 상황에서 은밀하게 주고받는 이야기는 사실상 불가능한 상태였다. 진심으로 묻고 싶은 내용은 대화를 할 수가 없는 것이다.

실제 정우가 궁금하게 여기는 것들은 후배들과 동료들이 무사한지, 바깥조직활동은 잘되고 있는지 등 학생운동 조직 활동과 관련된 내용이었다. 그러나 이러한 대화는 원천적으로 불가능하기 때문에 일단 구속이 되면 교도소 담장 밖의 일은 모두 잊어버려야 한다. 정우도 그랬다. 몇 달 되지 않은 기간이지만 교도소에 갇히면서 바깥 사회에 대한 기억마저 지워 버리고자 했다.

그것은 두 가지 이유에서였다. 하나는 보안 문제였다. 그래도 학생운동 조직활동을 한 정우로서는 지켜야 할 비밀활동이 있었다. 동료에 대한 최소한의 보호랄까, 또는 조직활동에 대한 보호랄까, 정우 자신이 갖고 있는 인식수준에서 어느 정도의 보안을 지키고자 하는 마음이었다.

다른 하나는 정우 자신을 돌아보기 위해서였다. 4년 동안의 대학생활에서 정우가 가진 기억들은 암울하기만 했다. 일반적으로 대학생이라면 낭만적인 대학생활을 꿈꾸고 또한 그것이 당연한 일이라고 생각할 것이다. 정우 역시 예외는 아니었다. 대학초년생이었을 때는 누구 못지않은 낭만파 대학생이 되기 위해 많은 친구들과 어울렸다.

정우는 신입생 환영회 때 기타 반주에 맞추어 들은 영어 노래에 반했었다. 행사가 끝나고 친구에게 그 노래가 뭐냐고 물었고, 그 노래가 미국의 컨트리풍 팝송이라는 것을 처음 알게 되었다. 사실 정우는 그때까지 팝송이라는 것을 몰랐다. 정우가 알고 있는 노래는 한국가요나 학교에서 배웠던 가곡 정도가 전부였던 것이다.

고등학교에 진학할 때까지 전기가 들어오지 않는 시골에서 호롱불을 켜 놓고 입시공부를 한 정우로서는 당연한 거였다. 당시 혈기왕성한 정우는 자신이 도시 출신 학생들에게는 일상적인 문화생활인 팝송 등, 소위 현대 물질문명으로부터 너무나 동떨어져 있다는 것을 깨달았다. 그러한 자각 속에 정우는 그 부족한 것을 채우기 위해 학습 아닌 학습을 시작하였다. 우선 해석하기도 어려운 영어단어들로 가득 찬 팝송을 제목별로 분류하고 가사를 영어로 외우기 시작한 것이다. 친구에게 기타를 배우기 시작하면서는 학교 수업도 빼먹고 기타 연습에 열중하였다.

어느 정도 팝송의 종류를 이해할 때쯤 정우는 겨우 팝송 한 곡을 암기하여 부를 수 있었다. 그것이 사이먼 앤 가펑클의 '엘콘도파샤'였다. 번역하면 '철새는 날아가고'라는, 팝송을 아는 사람이라면 누구나 알고 있는 초보적인 노래였다. 그러나 정우에게는 대단한 것이었고 이후 이 노래는 정우가 다방을 가거나 술집에서 노래를 신청할 때면 항상 정우의 첫 번째 신청곡이 되었다. 도시 학생들이 볼 때는 정말 한심한 수준의 정우였다.

그러나 정우의 대학생활은 만족스러운 것이 아니었다. 당시 대학생이라면 누구나 갖는 시국에 대한 반감 속에 왠지 대학생이라는 신분이 허울 좋은 껍데기에 불과하다는 생각을 하면서 정우는 많은 고민을 하게 되었다.

그러다가 학내신문에 소개된 책을 읽어보게 되고 몇몇 친구와 토론을 하면서 점점 사회문제에 대한 내용을 정리한 사회과학서적을 찾게 되었다. 이후 주위 친구의 소개로 학습을 하게 되었다. 정우의 대학생활 전체를 학생운동으로 빠져들게 만든 계기는 서울에 있는 대학들의 학생데모소식과 부산대학교 내에서 비밀스럽게 터진 학내조직사건들이었다. 학습으로 인식된 사회문제의식이 실제 일어나고 있는 실천들과 연관이 되어 있다는 것을 알게 되면서 정우는 새로운 대학생활을 찾게 되었던 것이다.

이렇게 시작된 정우의 대학생활은 치열하였다. 사회과학서적을 탐독하고 선배나 동료들과 치열한 토론 속에 이끌어 낸 결론은 곧바로 실천되어야 했다. 그러나 그것은 대학 내에서만 실천되는 것이었다. 소위 상아탑 안에서만 지식인들이 자신의 지식을 무기 삼아 밤을 새워 토론하고 가르치려고만 했다. 정우도 예외는 아니었고 그렇게 정립된 정우의 사고체계는 관념적 혁명운동가 그 자체였다. 솔직히 관념적 혁명운동가라는 단어 자체도 정우 자신이 정리한 수식어일 뿐이었다.

정우가 감방 생활 속에서 사색을 통해 이끌어 낸 몇 안 되는 자기반성의 단어였지만 말이다.

지난 5월 정우가 영호, 석구와 함께 전두환 군사쿠데타 세력에 대한 저항을 시작한 것은 이러한 과정의 결과물이었다. 그러나 정우가 부딪힌 현실은 냉혹하였고 인간성조차 말살해 버리는 무지막지한 폭력이 난무하는 것이었다. 더구나 이러한 것들이 합법적 제도하에 이루어지고 있었다. 합법이라는 이름으로 자행되는 참혹한 현실은 정우를 더욱 혼란스럽게 하였다. 그것은 그동안 정우가 가졌던 모든 생각들을 다시 돌아보게 하는 계기가 되었다. 그래서 정우는 바깥 사회에 대한 기억마저 모두 잊고자 했던 것이다.

그러나 오늘 정우는 영호를 만나고 몇 가지 기억을 떠올렸다. 추억이랄까, 아직 추억이라고 말할 정도는 아니지만 계엄군에게 체포된 뒤 현실의 냉혹함을 알아 버린 정우로서는, 이전에 비밀스럽게 수행하였던 모든 행동들이 추억으로 되어 버린 지 오래였다. 현실에서 싸워야 할 적들에 대한 실질적인 무기가 아니라면 그것은 정우에게 더 이상 아무것도 아니었다. 그저 관념일 뿐이었다.

영호는 정말 다혈질이었다. 정우는 영호를 포함하여 후배 4명과 학습을 하였다. 당시 운동권 대학생이라면 대부분이 거치는 철학과 경제사 공부를 시작으로 한국근대사, 정치경제학, 운동이론 등으로 학습 순서를 잡아 공부를 하였다. 이러한 학습을 거의 다 마친 어느 날 영호는 정우에게 논쟁을 제기하였다.

"형의 생각을 듣고 싶소."

정우는 영호의 다음 말을 기다렸다.

"지금 한국의 상황은 민중의 고통이 극에 달해 있다고 봅니다. 따라서 현 시국의 당면 과제는 민중봉기를 통한 급격한 정권장악에 있다고 생각하는데 형의 생각은 어떻소?"

정우는 영호와 평소에 학습을 하면서 영호가 갖고 있는 일관된 생각을 잘 알고 있었다. 정우가 학습을 통해 서로 공유하고 고민하고 있는 내용들은 지금 영호가 제기한 내용과는 조금 달랐다.

혁명이론의 공식처럼 되어 있는 개념들을 정리하자면,

'한국사회의 성격을 어떻게 규정짓느냐에 따라서 투쟁동력을 어떤 계급계층으로 할 것인가와 어떤 투쟁수단으로 혁명을 완수할 것인가가 정해진다.'

'일반적으로 한국사회를 자본주의 사회로 규정한다면, 자본주의 사회의 가장 근본적인 모순인 자본가와 노동자 간의 계급모순이 될 것이고, 그것을 타파하기 위해서는 노동자계급을 투쟁동력으로 하는 다양한 투쟁수단이 모색되어야 할 것이다.'

그러므로 한국사회 성격을 둘러싼 논쟁이 모든 논쟁의 출발점이 되었기 때문에 이를 둘러싼 논쟁은 치열할 수밖에 없었다.

당시 한국사회 성격에 대한 논쟁은 크게 국가독점 자본주의와 반봉건 종속적 자본주의로 보는 두 가지 견해로 나누어져 있었다.

한국사회를 국가독점 자본주의로 보는 견해는,

'한국사회가 1900년대 이후 근대화가 시작되었다고 본다. 1960년대부터는 본격적인 산업자본의 성장으로 한국사회의 기간산업이 중공업을 중심으로 한 독점자본으로 편성되었다고 규정하고, 설사 한국사회가 미일제국주의에 여러 가지 분야에서 종속되어 있다고 하더라도 그것은 한국사회가 자본주의라는 전제하에 새로운 종속관계, 즉 신식민지적 관계에 있다고 보아야 한다. 이에 따라 노동자수가 급격히 증가하면서 프롤레타리아 계급이 형성되었고, 한국사회 변혁을 위한 주요 투쟁동력으로 성장하였다고 본다'라고 생각하는 것이다.

조금 세밀하게 정리한다면 한국사회를 신식민지 국가독점 자본주의사회로 규정한다고 볼 수 있었다.

반면에 한국사회를 반봉건 종속적 자본주의로 보는 견해는, '토지소유주로서 지주계급과 소작농이 엄연히 존재하고 있고, 정치적으로 남북이 분단된 상태에서 미군이 남한에 주둔하면서 군사적 지배를 직접적으로 행사하고 있는 사회이다'라는 것이다.

이는 한국사회 변혁을 위한 주요투쟁동력이 노동자계급에

게만 있는 것이 아니라 소작농민과 미국이라는 외세에 반대하는 모든 저항세력을 투쟁동력으로 보는 견해였다.

결국 이 두 가지 견해의 근본적 차이는 이러한 투쟁을 통해 어떤 사회를 건설할 것인가에서 나타난다고 볼 수 있다. 투쟁을 통해 획득한 새로운 사회는 그 투쟁 당사자의 이해관계에 달려 있기 때문이다.

단순하게 정리한다면 노동자계급이 승리한 사회라면 노동해방사회가 될 것이고 농민이 승리한 사회라면 농민해방사회가 된다. 마찬가지로 빈민이나 도시 소상공인들이 승리한 사회는 빈민해방사회나 도시 소상공인해방사회가 될 거고, 이들 모두가 함께 쟁취한 승리라면 모든 것이 함께 하는 공동해방사회가 되어야 할 것이다.

그러나 여기에 문제가 있다. 투쟁의 당사자가 목적으로 내건 지향점이 서로 다르기 때문에 승리를 쟁취하는 순간 그 승리의 결승점에서 또 다른 갈등이 일어날 수밖에 없다는 것이다. 이러한 갈등은 혁명세력의 분열로 나타나고 새로운 사회발전의 단계로 나아가면서 진행되는 것이 아니라, 곧바로 후퇴하면서 그동안 이루어 놓은 모든 승리를 단숨에 패배하게 만든다는 것이다.

그 이유는 혁명 승리의 초기 순간에는, 항상 되돌아가고자 하는 기존의 반혁명 세력이 호시탐탐 기회를 노리고 있기 때문이다. 그러므로 주요투쟁동력을 무엇으로 할 것인가는 매우 중요한 문제였다.

　그러나 영호는 이러한 논쟁 자체에 대해 부정적인 생각을 갖고 있었다. 영호는 언제 쟁취할 수 있을지도 모르는 장기적인 과제에 대한 논쟁보다는 당장 할 수 있는 실천을 찾고자 하였다. 영호의 생각은 민중봉기를 통한 정권장악이라는 전제를 갖는다면, 도시에 있는 민중을 조직하는 것이 가장 손쉽고 빠른 방법이라는 거였다. 도시빈민들이나 영세상인 등 서민을 조직하여 민중봉기를 일으킨다면 각 도시에 있는 거점들을 장악하기도 쉽고 궁극적으로 대도시와 서울도심을 장악한다면 그것이 곧 민중봉기라는 것이다.

　"도시게릴라활동이 최선이오."

　정우는 난감하였다. 그러한 정우를 보고 영호가 한마디 더 하였다.

　"나 혼자라도 하겠소."

　정우는 사실 조직 전체를 책임지는 위치에 있었다. 학생운동권의 조직활동 방식은 학습조직을 중심으로 이루어져 있었다. 1학년부터 4학년까지 학생들의 위계질서를 세우고 각 학년별 학습단계를 설정하여 4학년이 선배로서 학습팀을 책임지는 방식이었다. 학습을 하더라도 각 학습팀 간에는 보안상 서로가 모르게 되어 있고 전체를 알고 있는 사람은 총괄 책임자뿐이었다. 정우는 조직 전체를 책임지는 역할인데, 정우가 그것을 조정하는 역할을 하고 있었던 셈이다.

정우는 영호의 저돌적인 제안에 어떤 식이든 판단을 해야 했다.

"그래, 네 말대로 하자. 다만 그 실천의 내용에 대해서는 조금 더 생각해서 함께 결정하기로 하자."

그리고 정우는 영호에게 쐐기를 박듯 말하였다.

"이것은 너와 나 우리 둘만이 아는 비밀이다."

정우는 영호의 적극성은 높이 사지만 깊이 생각하지 않는 듯한 돌출 행동들에 대해서는 솔직히 걱정이 앞섰다. 이번의 경우도 만약 영호를 혼자 내버려 둔다면 무슨 일을 저지를지 모른다는 우려 때문에 정우는 일단 영호를 자신의 감시영역 안에 두기 위해서 조심스럽게 결단을 내렸던 것이다.

얼마 후 정우는 영호와 자신의 자취방에서 밤을 새워 계획을 짰다. 계엄군에 체포되어 국가에 의해 자행되는 거대한 폭력을 목격한 지금의 처지에서 생각한다면, 한낱 어린애 장난 같은 일이었지만, 당시의 정우와 영호는 진지하였고 역사적 사명감으로 그 일을 계획했다.

일단 도시게릴라를 조직하기 위해서는 선전이 우선이라는 결론을 내렸다. 그렇다면 무엇을 선전할 것인가가 문제였다. 당연히 한국사회에 대한 모순을 알리고 그 모순을 타파하기 위해서는 민중봉기가 필요하다는 내용으로 선전할 수 있는 내용이어야 했다. 우선 이를 위해서는 자본주의 사회의 모순을 알리되 그 선전의 주체가 어느 정도 이론적 성숙도를 갖고 있어야 대중이 믿고 따를 수 있다는 판단을 하였다. 그 첫 내용으로 『마르크스 경제학철학초고』를 번역하여 리플렛 형식으로 만들기로 하였다. 『마르크스 경제학철학초고』는 정우가 오래전부터 갖고 있었던 낡은 일본 서적이었다. 학습을 하면서 어떤 주제에 대해 의문이 날 때면 한 번씩 읽어 보던 책이었다. 문제는 이것을 누구에게 어떤 방식으로 배포할 것인가였다.

영호는 우편으로 전달하자는 안과 언더서클 학생운동권이 아닌 오픈서클 중에 활동적인 학생들에게 배포하자는 안을 내었다. 여기서 언더와 오픈이라는 말은 영어로, 언더는 비공개 또는 지하서클이라는 뜻으로 사용하고 오픈은 공개라는 뜻으로 학생들이 사용하는 은어였다. 정우는 영호의 의견을 받아들이고 매주 1회 리플렛을 만들어 우편으로 보내기로 하고 가장 우선적으로 등사기를 확보하기로 하였다.

마침 정우는 야학선생을 하고 있었기 때문에 야학에서 사용하던 낡은 등사기를 쉽게 구할 수가 있었다. 야학에는 학생들을 위한 시험지나 수업용 교재를 등사기로 밀어서 배포하곤 하였다. 그러다가 사용하던 등사기가 오래되어 낡으면 구석진 창고에 보관하였는데, 그중에 상태가 좀 나은 것을 정우가 구할 수가 있었다. 정우는 마침 시간이 난 석구와 함께 낡은 등사기를 자신의 집으로 옮겨 놓았던 것이다.

그리고 정우와 영호는 우편을 보낼 학생들의 주소를 알아

보기로 서로 역할 분담을 하고 본격적인 준비에 들어갔다. 정우는 그날부터 리플렛을 만들 선전내용을 위해 『마르크스 경제학철학초고』를 번역하는 데 일주일에 꼬박 이틀 정도를 투자하면서 더욱 바빠지게 되었다.

그때가 1980년 3월이었고 5월 19일 남포동 유인물 살포도 이러한 활동의 연장선에서 이루어졌던 것이다.

"형, 몸 건강하이소."

영호가 환하게 웃으며 작별인사를 했다. 정우는 면회실을 나서며 어머니를 다시 한 번 돌아보았다. 어머니는 있는 자리에 그대로 서서 정우에게 미소를 짓고 있었다. 정우는 감방으로 돌아와 다시 정 군을 보살피고 있었다.

"배정우!"

물품담당 교도관이 정우를 부르더니 철창문을 열고 한가득 짐을 내려놓았다. 빵과 과자가 쏟아졌다. 과일과 포장 닭고기도 섞여 있었다. 보통은 식구통으로 물품을 건네주는데 이번에는 물품이 너무 많아 아예 문을 열고 전달을 한 것이다. 영호와 어머니가 정우 면회를 하면서 정우가 갇혀 있는 사동의 학생들 수만큼 사식물품을 주문하여 보낸 것이다. 영호는 정우가 지내는 감방 안을 잘 알고 있을 것이기 때문에 어머니에게 그 상황을 이야기해 주었을 것이고 어머니는 당연히 학생들을 생각하여 이 많은 물품을 넣은 모양이다. 그날 저녁 정우는 원진 형과 다른 친구들과 함께 푸짐한 잔치를 벌였다.

　그리고 며칠 뒤 정 군이 구속집행정지로 석방되었다. 정 군은 정신을 놓친 상태에서 아무런 인사도 없이 감방 문을 나갔다. 교도관의 부축을 받으며 기다란 복도를 걸어나가는 정 군의 뒷모습이 가냘프게 보였다.

살아남은 자

정우는 해를 넘겨 2월 중순이 되자 고등군법회의 법정에서 항소심 재판을 받았다. 재판절차는 간단하였다. 개인적으로 변호사를 선임하지 않은 사람들은 군법회의에서 군법무관을 국선변호인으로 선임해 주었다.

구속된 학생들의 대부분은 군사재판 자체를 인정하지 않았기 때문에 재판절차에 성실하게 대처할 하등의 이유가 없었다. 그러므로 거의 별도로 변호사를 선임하지 않았고 국선변호인인 군법무관이 재판을 변호하였다. 군법무관의 역할은 일반 변호사와 같으나 실제 정우가 재판을 받으면서 개인적으로 군법무관을 만난 적은 없었다. 재판 당일 재판정에서 군법무관을 본 것이 전부였다. 검사의 논고가 끝나고 재판장이 군법무관에게 할 말이 없냐고 물으니까 "선처해 주시기 바랍니다"라는 딱 한마디로 변호가 끝났다.

고등군법회의의 재판장과 검사, 변호사 역시 모두 군인이었다. 정우의 재판을 맡은 재판장은 중령계급장을 달고 있었다. 정우는 2심에서 징역 6월로 감형이 되었다. 전두환 군사정권이 어느 정도 정국운영에 자신감을 얻었는지 뒤늦게 재판을 받는 사람들에게는 관대한 형량을 선고하고 있었다.

그러나 정우는 이러한 군사법정의 태도에 대해서 아무런 관심이 없었다. 정우가 항소한 이유는 거대한 국가기관의 폭력을 거부하기 위한 것이었기 때문이다. 오직 거부한다는 것만이 정우에게 남은 마지막 자존감이었고 그 외에 군사법정에서 일어나는 어떠한 일도 정우에게는 무의미했다.

정우의 관심은 다른 데 있었다. 영등포구치소는 계엄철폐를 외치며 군사정권에 맞서 싸운 젊은 청춘들의 공동운명체였다. 그 공동운명체는 '함께 살고 함께 죽는다'는 구호를 굳이 목청 높여 외치지 않아도 서로의 마음속에 커다란 깃발로 뭉쳐져 있었다. 그 깃발 아래에서 정우는 마음이 아팠다. 형량 때문이었다. 마지막 남은 자존감으로 군사법정을 거부하고자 하나 그것은 마음뿐, 육체적으로 갇힌 자에게 감옥은 고통이었다. 징역 6개월이 아니라 하루도 지내고 싶지 않는 감옥생활이었다. 그러나 정작 정우가 고통스러운 것은 이러한 감옥 생활이 아니라 똑같은 감옥 속에서 다르게 정해지는 형량이었다.

정우를 비롯한 몇몇 학생을 제외하고는 대부분의 수감자들이 징역 1년 이상의 높은 형량을 선고받고 있었다. 특히 5·17 전국계엄확대를 위해 사전에 예비 검거된 요주의 인물들은 몇 개월이 아니라 수년의 징역형을 선고받으며 악랄하기로 유명한 청송감옥소로 이감을 갔다. 정우는 계엄철폐를 외치며 군사정권에 맞선 수많은 사람들의 투쟁이 어떠한 차이도 있을 수 없다는 생각을 하고 있었다.

그러나 군사법정은 체포된 사람들을 교묘하게 구분하여 등급을 매기고 진술서를 꾸미면서 형량을 달리 선고하고 있었다. 반국가단체를 구성했는가 아닌가, 조직의 수괴인가 아닌가를 무슨 거창한 음모처럼 꾸며 내면서도, 반성의 기미가 보이는가 어떤가에 따라, 학생 신분인지 일반인 신분인지에 따라 형량을 달리 선고하였다.

또한 가족의 출신성분이 어떠한지에 따라, 즉 집안에 공직자가 있는지 없는지, 재산이 어느 정도인지가 알게 모르게 그들의 재판에 영향을 주었고 그러한 내용은 어김없이 형량에 반영되었다.

정우는 이러한 상황을 받아들이기가 고통스러웠다. 지금까지의 정우의 투쟁은 모든 것을 함께 해야 하는 것이었고 투쟁의 시작이 함께였다면 마지막도 함께여야 한다고 생각했다. 그러나 감옥생활에서부터 정우의 의지로 할 수 있는 일은 없었다. 정우는 15P 헌병대 영창과 부산교도소, 그리고 영등포 구치소를 거치며 만난 수감자들의 무표정한 얼굴들이 떠올랐다. 정우의 가슴이 더욱 아파왔다.

"배정우 면담!"

담당 교도관이 정우를 부르며 문을 열었다. 정우는 항소심 재판이 끝나고 이감을 가기 위해 짐을 정리하고 있던 참이었다. 2심 재판에서 실형을 선고받으면 상고를 하더라도 보통 징역형이 확정되다시피 하기 때문에 다른 교도소로 이감을 보내는 것이 관례가 되어 있었다. 정우도 짐은 많지 않았지만 교도소에서는 언제 이감을 갈지 모르기 때문에 미리 짐을 챙겨 놓는 거였다.

'면회가 아니고 면담이라니?' 의아하게 생각하며 정우가 담당에게 물었다.

"누구 면담입니까?"

"교회사 면담이야."

담당 교도관이 왠지 친절하게 말하는 것 같았다. 지금은 조금 전에 저녁 식사를 했기 때문에 늦은 오후시간이었다. 정우는 '이 시간에 교회사가 자기와 면담을 해야 하는 이유가 무엇일까'라는 의구심을 가지면서 담당 교도관을 따라나섰다.

교회사는 교도소 계장직책을 맡고 있는 간부였다. 계급은 무궁화 두 개짜리 견장을 달고 있는데 재소자들은 말똥 두 개짜리라고 불렀다. 교회사는 재소자들을 교화하는 역할을 하였다. 주로 학생운동을 하다가 구속된 사람들이나 일반인 중 정치범들을 상대하면서 각종 서신이나 책들을 검열하고 애로사항을 들어주는 역할이었다.

"배 군인가? 고생스럽지?"

계장이 반갑게 맞이했다.

"괜찮습니다."

정우는 간단하게 대답했다. 사무실에는 책상을 마주하고 탁자와 소파가 가지런히 놓여 있었다. 계장은 40대 후반의 나이로 정우에게는 평소 친절하게 대하는 편이었다. 가족이 면회를 올 때 넣어 주는 책들을 가능하면 검열을 통과시켜 정우가 읽어 볼 수 있게 해 주었다. 정우가 자리에 앉자 계장이 맞은 편 소파에 앉았다.

"음, 이번에 전두환 각하께서 큰 결심을 하셨네."

계장이 뜬금없이 전두환을 찬양하더니,

"이번 3월 3일 12대 대통령 취임식 때 특별사면을 한다네."

그러면서 반성문을 써야 한다는 전제를 달았다. 일순간 정우의 마음이 흔들렸다.

1980년을 중심으로 일어나는 일련의 정치적 사건들은 너무나 억지스러웠다. 정우는 전두환의 12대 대통령 취임이라는 사실이 너무나 황당했다.

박정희가 1978년 7월 6일 임기 6년의 제9대 대통령으로 당선되고 불과 1년 뒤에 총에 맞아 죽자 당시 국무총리였던 최규하가 1979년 12월 6일 제10대 대통령으로 취임하였다. 하지만 전두환 군사쿠데타 세력은 최규하 대통령을 8개월 만에 사퇴시키고 1980년 9월 1일 전두환을 제11대 대통령으로 억지 당선시키면서 자신들의 정치세력화를 도모하고 있었다. 그리고 1981년 3월 3일 전두환이 다시 임기 7년의 제12대 대통령으로 취임한다는 것인데, 다시 말해 전두환이 11대 대통령에 취임한 지 6달 만에 임기를 마치고 12대 대통령에 다시 당선되어 임기를 시작한다는 것이었다.

그것을 기념하기 위한 특별사면을 단행한다는 것이고 그것을 위해 반성문을 쓰라는 것이었다. 불과 2년 반 만에 대통령이 4번이나 바뀌는 희한한 상황이 벌어지고 있는 것이다.

'반성문을 써야 3월 3일 특사로 석방될 수 있다.'

정우는 마음속으로 갈등했지만 혼자서 판단할 문제가 아니라는 생각이 들었다. 정우는 계장이 내어 주는 반성문 종이를 받지 않았다. 정우는 일단 반성문을 쓸 수 없다는 입장을 밝히고 감방으로 돌아왔다. 감방으로 돌아온 정우로부터 이야기를 전해 들은 원진 형이 분노하였다.

"나쁜 놈들! 사람의 약점을 이용하다니!"

좁은 감방에 갇혀 생활하는 것이 얼마나 힘든 것인지는 모두가 잘 알고 있었다. 그러한 사람에게 석방을 미끼로 반성문을 요구한다면 흔들리지 않을 사람이 드물 것이다.

그래도 사회변혁과 박정희 유신독재타도와 전두환 군사쿠데타를 반대하며 투쟁한 학생들에게 자기반성을 요구한다는 것은 그동안의 투쟁의 정당성을 부정하고 자신의 양심을 팔라고 하는 것과 다를 바가 없었다. 그러나 원진 형의 분노는 그 정도에 머물 수밖에 없었다. 이미 많은 학생들이 재판과정에서 반성문을 쓰는 조건으로 약식재판을 받고 석방된 상태였고 이번에도 개별적으로는 반성문을 쓸 수밖에 없는 처지에 놓인 사람들이 있었기 때문이다. 집안 사정이나 개인적 조건들이 너무나 어려운 상태에서 견디기 힘든 상황들이 많다는 것을 원진 형은 누구보다도 잘 알고 있었다.

정우는 원진 형의 분노를 보면서, 학생들의 행동이 하나로 모아지지 못하는 아쉬움은 있으나 또 다른 측면에서는 인간의 애틋한 삶의 애환을 살펴보는 기회로 삼았다. 정우는 끝까지 반성문을 쓰지 않았다.

솔직히 정우는 징역형 6개월의 만기를 채우더라도 3월 중순경이면 석방되기 때문에 굳이 반성문을 쓰지 않아도 된다는 특수한 조건도 있었다. 하지만 더욱 중요한 것은 정우 자신이 투쟁의 정당성을 부정할 수 없다는 거였다.

그럼에도 이러한 생각에 별다른 의미를 부여하기 힘들었다. 우선 반성문이라는 것이 정말 어처구니없는 내용들이었다.

나중에 확인한 바로는, '부모님과 가족을 위해 열심히 생활하겠습니다', '다시 복학을 한다면 열심히 공부하겠습니다'라는 내용으로 반성이라는 단어는 어디에도 없었다. 반성문에 반성이라는 단어가 없었던 것이다.

그저 형식만 갖추어 자신들이 저지른 악행을 대통령 취임식을 이용하여 서둘러 마무리하고자 하는 유신잔당 전두환 군사쿠데타 세력의 자선파티 축제용이었을 뿐이다.

암흑 같은 세월에 은폐된 공간에서 일어나는 이러한 일들은 너무나 유치한 것이었다. 그러나 한편으로 그러한 일을 당하는 사람들에게는 자기 자신이 자유의지를 가진 인간인가를 고민하게 할 정도로 심각한 정신분열현상을 겪게 하는 것이기도 하였다. 아무리 유치한 것이라 하더라도 그것이 한 인간의 의지에 반하여 굴종을 강요할 때 그것은 또 다른 폭력이 되는 것이다. 유신잔당의 자선파티축제에 사용된 반성문은 젊은 청춘들의 미래까지 빼앗는 잔인한 것이었다.

이러한 와중에 정우가 3월 3일 특사로 석방되었다. 반성문을 쓰지도 않았는데 정우는 3월 3일 새벽 철창문을 열고 자신을 부르는 소리에 잠을 깨었다. 이날 원진 형과 김대중내란음모사건으로 구속된 사람들을 빼고는 대부분의 학생이 석방되었다.

정우는 석방을 거부하였다. 정우는 전두환이 대통령에 취임하면서 은혜를 베푸는 듯한 특별사면을 받아들일 수 없다는 것과 계엄포고령으로 구속된 모든 사람들이 석방되지 않는 한 감방을 나갈 수가 없다고 버티었다. 꼭두새벽에 잠시 실랑이가 일어났다. 그러다가 정우는 원진 형의 만류로 감방을 나서기로 했다.

정우는 억울했다. 맞아 죽은 영철이가 억울하고 무기징역을 선고받은 중년 사내가 억울했다. 충분한 심리를 거친 재판도 하지 못하고 총살을 당한 군인이 억울하고 구성진 노랫가락에 어깨를 들썩이던 그네들이 어딘가로 끌려가 소식도 없다는 것이 억울했다. 몸에 문신이 있어서, 전과가 있기 때문에 끌려온 폭력조직의 두목 번개가 억울했다. 정우가 보낸 시간들, 피멍이 들고 살점이 터져 피가 흐르는 몸뚱이를 가누지 못해 잠들지 못한 나날들, 그렇게 갇혀 체념하며 지샌 날들이 억울했다.

정우는 잠시 지난 시간을 뒤돌아보며 생각에 잠겼다. 겨울의 막바지에 차가운 감방을 뒤로하고 따뜻한 온기가 있는 가족의 품으로 돌아가지만 이제 더 이상 예전의 정우가 될 수는 없었다. 차가운 감방에서 지샌 날들 하루하루가 정우의 가슴속 깊은 곳에 결코 잊을 수 없는 상처로 쌓여 있었기 때문이다.

'감방을 나가면 세상은 꽁꽁 얼어 있겠지. 바람도 세차게 불고 있을 거야. 그러나 시간이 흘러 계절이 바뀌면 찬바람이 잦아들고 꽁꽁 얼었던 땅도 녹을 거야. 봄이 오는 거지. 그냥 봄이 아니라 꽃이 만발한 봄이 오는 거지. 꽃피는 봄, 그 봄이 꽃피는 봄으로 다가올 거야.'

갑자기 웬 봄타령인가 싶겠지만 정우는 차갑게 식어 버린 자신의 가슴을 이렇게라도 다시 데울 수 있다면, 그래서 다시 생기를 되찾기를 바라는 마음이 간절했다.

그러나 정우는 꽃피는 봄을, 더 이상 봄으로 맞이할 수가 없다는 생각을 하였다. 봄만이 꽃을 피우는 것이 아니기 때문이었다. 꽃피는 봄만이 봄이라면, 그 봄은 봄이 아니라는 생각을 정우는 하였다.

꽃은 봄에만 피는 것이 아니라 여름에도 피고 가을에도 피고, 심지어 추운 겨울에도 꽁꽁 언 땅을 비집고 눈 속에서도 피어나기 때문이다. 그러므로 '꽃피는 봄'이 봄이라면 사계절이 모두 봄이어야 했다.

'그렇다면 봄은 무엇일까? 유난히 봄에 꽃이 많이 피어서 '꽃피는 봄'이 되는 것인가? 그리고 또 다른 봄, '꽃피는 봄'이 아닌 때에도 꽃이 피는 것은 왜일까? 그 봄을 기다리기에는 너무나 먼 날들이기 때문일까? 그 기다림이 다하기도 전에 꽃들이 전부 죽어 버릴까 봐, 다른 계절에 몇 송이 꽃이라 할지라도 꽃을 피우게 되는 것일까? 그래서 그 꽃이 민중이라면, 민중의 봄을 기다리고자 한다면, 그 민중으로 다가가는 억울한 자들이 계절의 꽃이 되는 것인가? 그러므로 꽃피는 봄은, 소외된 자의 봄을 딛고, 억울하게 갇혀 잊힌 자들의 봄을 딛고 꽃이 만발하는 것인가?'

잠시 생각에 젖었던 정우는 이제 꽃피는 봄이 아니라 꽃피는 여름과 가을과 겨울로 걸음을 옮겨야 한다는 것을 알았다. 따뜻한 봄날, 자연스럽게 피어나 만발하는 '꽃피는 봄'이 아니라, 오히려 더욱 혹독한 추위와 시련 속에서만 피어나는 꽃, 그 꽃처럼 애절한 삶을 이어 가는 '소외된 자들의 봄'을 준비해야 한다는 것을 정우는 굳게 믿었다.

그 봄에 정우는 자신이 살아남았다고 생각했다. 따뜻한 봄날에 피어나는 꽃들이 아닌 '소외된 자들의 봄'에 피어나는 꽃으로 정우는 새로운 봄을 맞이했다고 생각했다.

그런데 그 봄에 정우의 가슴이 차갑게 식었다. 지난 1년여의 시간이 정우에게는 다가올 모든 시간을 규정하는 것이었다. 정우는 갇혀 지낸 지난 시간들을 결코 잊을 수 없다는 것을 잘 알고 있었다. 그 시간과 함께 사라져 간 사람들, 하지 못한 이야기들이 숙제처럼 정우의 가슴을 먹먹하게 적시고 있던 것이다. 얼음장처럼 차가운 피가 정우의 가슴을 맴돌아 올라 머릿속 깊은 곳까지 차갑게 했다. 차갑게 식어 버린 정우의 가슴에는 어떠한 감정도 남아 있지 않았다. 더욱 차가워진 정우의 머릿속으로 햇빛에 반짝이는 얼음조각들처럼 기억의 편린들이 흩어지고 있었다.

정우는 살아남은 것이 아니었다. 정우는 갇혀 지내는 동안 제정신으로는 살 수 없었던 것이다. 겉보기에 정상인처럼 보였다 하더라도 갇혀 지낸 시간들 속에 정우는 공허했다. 그것은 무의식으로 채워진 잃어버린 시간들이었다. 그것은 꿈이었다. 만약 꿈이 아니라면 그래서 현실 속에서 살아남은 자라면 정우는 미친 자였다.

"더 험한 세상도 있었다."

무의식의 공간 속인 듯 정우에게 귓속말이 들려왔다.

"6·25전쟁 시기는 더 참혹했다."

"해방 이후 혼란의 시대, 눈뜨고는 볼 수 없는 일들이 많았다."

"일제강점기시대, 사람이 사는 세상이 아니었다."

세대와 세대를 연결하는 역사의 수레바퀴는 한 치의 빈틈도 없다. 거꾸로 돌아가는 시간들은 역사적 사실이 되고 그 사실들에 진실이 묻어 있다. 그리고 또 다른 꿈이 되었다. 정우는 그렇게 꿈을 꾸었다. 찰나의 짧은 시간이었지만 정우의 머릿속을 헤집고 지나가는 수많은 영상이 겹쳐지며 정우의 기억들을 모으고 있었다.

'지독한 역사!'

정우는 자신도 모르게 중얼거렸다. 지독한 역사, 그 속에서 살아남은 자들은 더 지독했다. 시간이 흐르고 나면 지나간 사실들은 뼈대만 남는다. 그 가운데서 살아남은 자들은 해골들이었다. 피와 살이 녹아 없어진 해골들에게는 눈곱만큼의 감정도 남아 있지 않았다. 그리고 불린 이름들, 그 이름들만 남아 또 다른 역사를 기다린다. 그 이름들을 정우는 기억하고자 했다.

'무서워.'

영철의 가냘픈 숨소리와 함께 슬픈 눈동자가 떠올랐다.

'그들을 말해야 한다.'

정우는 자신이 살아남았다고 생각했지만 차갑게 식어 버린 가슴속에서 정우는 살아남은 것이 아니었다.

그러나 정우는 다시 살아남아야만 했다. 정우가 살아남기 위해서는 잃어버린 시간들, 잊힌 이름들을 다시 되살려 내어야 했다. 그것은 정우 자신도 모르게 남은 숙제였다. 살아남은 자에게 남은 죽은 자의 목소리. 그 목소리만이 산 자의 영혼을 불러올 수 있었다. 뼈대만 남아 있는 자에게 피와 살을 붙이고 해골 속에 영혼을 불어넣을 수 있는 것이다. 살아남은 자의 고통은 바로 이런 거였다. 죽은 자의 목소리를 통하지 않고서는 살아남은 자 역시 죽은 자였다.

정우는 영등포구치소의 기다란 철창 복도를 걸어 나오며 예수 정 군을 떠올렸다.

'나를 시험에 들게 하지 말라.'

예수 정 군이 복도 끝에서 정우에게 환하게 웃음을 보내는 듯했다.

노재열

경남 진주에서 태어났다. 진주에서 고등학교를 마치고 부산에서 대학을
나온 후 30년 넘게 부산시민으로 착하게 살고자 애쓰고 있는 사람이다.
전두환군사정권 8년 동안 3차례 구속 수감되며 20대 청춘을 다 보내었
다. 감옥을 들락거리며 노동운동에 매달리다 세월을 뒤돌아 볼 틈도 없
이 시간을 보내다가 잠시 잊혔던 옛일을 떠올리며 글들을 모아 본 것이
책으로 만들어졌다.
이 글은 그의 첫 소설책이다.
현재는 부산 강서구 녹산공단에서 노동상담소 소장 일을 하고 있고 부
인과 딸을 곁에 두고 오순도순 살아가고 있다.